国家古籍整理出版专项经费资助项目

章培恒 安平秋 马樟根 主编

陈子昂集

王岚 导读

周勋初 倪其心 审阅

中华文史名著精选精译精注
·
全民阅读版

凤凰出版社

图书在版编目（CIP）数据

陈子昂集 / 王岚导读. -- 南京：凤凰出版社，2020.8

（中华文史名著精选精译精注：全民阅读版 / 章培恒，安平秋，马樟根主编）

ISBN 978-7-5506-3171-7

Ⅰ. ①陈… Ⅱ. ①王… Ⅲ. ①唐诗－诗集②古典散文－散文集－中国－唐代 Ⅳ. ①I214.212

中国版本图书馆CIP数据核字(2020)第063019号

书　　　名	陈子昂集
导　　　读	王　岚
责 任 编 辑	汪允普
书 籍 设 计	徐　慧
出 版 发 行	凤凰出版社(原江苏古籍出版社)
	发行部电话 025-83223462
出版社地址	南京市中央路165号,邮编：210009
出版社网址	http://www.fhcbs.com
照　　　排	凤凰零距离数字印前中心
印　　　刷	苏州市越洋印刷有限公司
	苏州市吴中区南官渡路20号　邮编：215104
开　　　本	880毫米×1230毫米　1/32
印　　　张	5.5
字　　　数	113千字
版　　　次	2020年8月第1版　2020年8月第1次印刷
标 准 书 号	ISBN 978-7-5506-3171-7
定　　　价	28.00元
	(本书凡印装错误可向承印厂调换,电话:0512-68180638)

丛书编委会

顾问
周林　邓广铭　白寿彝

主编
章培恒　安平秋　马樟根

编委
马樟根　平慧善　安平秋　刘烈茂
许嘉璐　李国祥　金开诚　周勋初
宗福邦　段文桂　董治安　倪其心
黄永年　章培恒　曾枣庄
（以上为常务编委）

王达津　吕绍纲　刘仁清　刘乾先
李运益　杨金鼎　曹亦冰　常绍温
裴汝诚
（以上为编委）

目录

导读 ··· 1

诗 ··· 1

感遇三十八首 ································ 3

观荆玉篇并序 ································ 64

修竹篇并序 ·································· 68

白帝城怀古 ·································· 74

度荆门望楚 ·································· 76

岘山怀古 ···································· 78

晚次乐乡县 ·································· 80

西还至散关答乔补阙知之 ················ 82

蓟丘览古赠卢居士藏用七首并序 ········ 85

初入峡苦风寄故乡亲友 ··················· 95

答洛阳主人 ·································· 96

酬晖上人秋夜山亭有赠 …………………… 98
和陆明府赠将军重出塞 …………………… 100
送魏大从军 ………………………………… 102
送殷大入蜀 ………………………………… 104
送客 ………………………………………… 106
春夜别友人二首 …………………………… 108
登幽州台歌 ………………………………… 111

文 …………………………………………… 113

薛大夫山亭宴序 …………………………… 115
上军国利害事·人机 ……………………… 119
谏灵驾入京书 ……………………………… 125
谏用刑书 …………………………………… 140

导读

一

陈子昂(659—700),字伯玉,梓州射洪县(今属四川)人,祖籍汝南(今属河南)。父亲陈元敬,官文林郎,好神仙之术,居家四十余年。陈子昂年轻时豪侠任气,十七八岁始折节读书。二十四岁登进士第,随即归乡隐居。睿宗文明元年(684)春到洛阳上《谏灵驾入京书》,得到武则天赏识并召见,擢麟台正字。武则天垂拱二年(686)从军,跟随乔知之北征同罗、仆固。永昌元年(689)秩满,迁右卫胄曹参军。天授二年(691)因继母去世归蜀守制。长寿二年(693)重返洛阳,擢右拾遗,不久陷"逆党"而入狱,后复官。万岁通天元年(696),随建安王武攸宜征契丹,以本官参谋军事。圣历元年(698)秋,因父亲年迈,带官取给归侍。二年七月遭父丧。居家守制期间,受县令段简迫害陷狱,忧愤而卒,享年四十二岁,葬于射洪独坐山。陈子昂为人刚毅果绝,仗义疏财,与赵贞固、王无竞、崔泰之、卢藏用等私交尤笃。工于诗文却不甚好作,文章大多散落,在他去世十余年后,卢藏用辑其遗作编成文集十卷,为之作序并撰《别传》。

二

陈子昂青年时期深受父亲陈元敬的薰陶,豪侠好游。"少学纵横术,游楚复游燕"(《赠严仓曹乞推命禄》),自命不凡。他也好道家养生,曾服食过草药之类(见《观荆玉篇序》)。虽然他读书比较晚,却像他父亲一样博览典籍,研习道术,并且接受他父亲的观点,认为君臣遇合,关系着世道的兴衰治乱,历史机遇会呈现周期循环;牢记他父亲的嘱咐:"至于今四百年矣,天意其将周复乎?于戏!吾老矣,汝其志之!"(《我府君有周居士文林郎陈公墓志文》)立志在政治上有所作为。事实上,陈子昂一生在宦海中进退沉浮,确实是有这种信念在支持着他。

在陈子昂考中进士的第二年,即弘道元年(683)岁末,高宗卒于东都洛阳,灵驾将西迁长安。翌年春天,陈子昂到了洛阳,向临朝称制的武则天献上其自诩为"大臣书"(《春夜别友人》其二)的《谏灵驾入京书》,分析当时形势,援引史实,论证灵驾西迁之失策,并指明其危害,慷慨激昂地表达了他建功立业的宏伟抱负。武则天颇为赏识,在金华殿召见了他,并且特下敕书:"梓州人陈子昂,地籍英灵,文称晔晔"(《别传》),擢拜他为麟台正字。从此,陈子昂步入政治舞台,踌躇满志地要为报效国家一展身手,于是他一而再、再而三地写出奏疏,满腔热情地全面陈述他的政治主张。

陈子昂在家乡生活期间,在青年的游历过程当中,目睹了当时百姓苦于劳役、灾荒的惨状:"西蜀疲老,千里运粮;北国丁男,十五乘塞。岁月奔命,其弊不堪","顷遭荒馑,人被荐饥,自河而西,无非赤地;循陇以北,罕逢青草。莫不父兄转徙,妻子流离,委家丧业,膏原润莽"(《谏灵驾入京书》)。他一再指出,当时这种情况相当普遍:"自剑以南,爰至河、陇、秦、凉之间,山东则有青、徐、曹、汴,河北则有沧、瀛、恒、赵,莫不或被饥荒,或遭水旱,兵役转输,疾疫死亡,流离分散,十至四五,可谓不安矣"(《上军国利害事·人机》);"当今山东饥,关陇弊,历岁枯旱,人有流亡"(《谏雅州讨生羌书》)。因此他深深同情人民的苦难,对于朝廷劳民伤财的种种行为措施,如高宗灵驾西迁、雅州讨伐生羌以及征兵服役等等,他都上疏劝谏,陈述利害,既为国家的安定,也为百姓而请命。

陈子昂不仅揭露了天下疲困的现象,而且深刻地指出,暴政贪官是造成天下动荡,导致农民反抗的直接原因。"蜀中诸州百姓所以逃亡者,实缘官人贪暴,不奉国法,典吏游容,因此侵渔,剥夺既深,人不堪命。百姓失业,因即逃亡,凶险之徒,聚为劫贼。今国家若不清官人,虽杀获贼,终无益。"(《上蜀川安危事三条》)他把清除贪官污吏视为治国安民的一项根本方针政策,要求坚决执行,更见其爱国心切,爱民情深。

在陈子昂的官宦生涯中,曾经二度从军出塞。第一次是在垂拱二年(686),二十八岁的陈子昂跟随左补阙乔知之北征金徽州都督仆固始。第二次是在万岁通天元年(696)三十八岁时为建安王武攸宜幕府随军参谋,东征契丹李尽忠、孙万荣。因而他对战争给边塞人民带来的苦难,对唐朝边备松弛的腐败军政等,都有真切的了解和清醒的认识:"亭堠何摧兀,暴骨无全躯。……但见沙场死,谁怜塞上孤"(《感遇》其三);"塞垣无名将,亭堠空崔嵬。咄嗟吾何叹?边人涂草莱"(《感遇》其三十七)。正像他认为廉政除贪是国家安定的根本一样,他深刻认识到边塞的安定和战祸消除,其根本原因也在镇守边塞的将帅是否得人。

陈子昂对边塞战争的态度是一分为二的。对异族的侵掠骚扰,他主张坚决打击,如北征契丹时他曾上书统帅,自请率领万人充当前驱。但同时他又坚决反对穷兵黩武。垂拱三年(687)武则天想从雅州开山通道出击生羌,以袭吐蕃,陈子昂于是上《谏雅州讨生羌书》,极力谏止。当时吐蕃势力强大,对富庶的西蜀垂涎三尺,若是一旦开蜀山、通险阻,不但使羌人无辜受戮,反而便利了吐蕃入侵。他指出:"西蜀之祸自此结矣……是乃借寇兵而为贼除道,举全蜀以遗之……今又徇贪夫之议,谋动兵戈,将诛无罪之戎,而遗全蜀之患!"对这种图谋私利、祸国殃民的不义战争,进行了愤怒的谴责和批判。

陈子昂反对酷吏统治,反对滥施刑罚。武则天代唐自立,徐敬业等在扬州起兵反抗,武则天用武力将他们镇压下去之后,为了压服宗室大臣中的这种怨怼情绪,于是广开告密之门。《资治通鉴》卷二〇三载,当时"有告密者,臣下不得问,皆给驿马,供五品食,使诣行在……所言或称旨,则不次除官,无实者不问,于是四方告密者蜂起,人皆重足屏息"。武则天重用索元礼、来俊臣、周兴等酷吏,大肆诛杀宗室大臣,手段残忍,令人发指。当时牵连极众,冤狱遍地,人心惶惶。于是陈子昂不遗余力地揭露这种白色恐怖:"有迹涉嫌疑,辞相逮引,莫不穷捕考讯,枝叶蟠拿,大或流血,小御魑魅。至有奸人荧惑,乘险相诬,纠告疑似,冀图爵赏,叫于阙下者日有数矣。于时朝廷偟偟,莫能自固,海内倾听,以相惊恐。""天下喁喁,莫知宁所。"他还一针见血地戳穿了酷吏的丑恶嘴脸及险恶用心:"文深网密,则共称至公;爰及人主,亦谓其奉法。于是利在杀人,害在平恕,故狱吏相诫,以杀为词。非憎于人也,而利在己。故上以希人主之旨,下以图荣身之利。徇利既多,则不能无滥。滥及良善,则淫刑逞矣。"(以上均见《谏用刑书》)面对高压,陈子昂独能抗议直辞,"不避汤镬之罪",置生死于度外,不能不令人钦佩他的正直、清醒和勇敢。

酷吏的残暴,陈子昂确实深受其害。他一生曾两度入狱。一次是延载元年(694)在东都为右拾遗时,以"逆党"的罪名牵连陷狱,一年之后狱解,复官。他既落入酷吏之手,无疑受尽折磨。另一次是辞官还乡,丧父之后不久,遭县令段简迫害,诬陷系狱,导致他在四十二岁之壮年忧愤谢世。《别传》载:"段简贪暴残忍,闻其家有财,乃附会文法,将欲害之。子昂荒惧,使家人纳钱二十万,而简意未已,数舆曳就吏。子昂素羸疾,又哀毁,杖不能起……于是遂绝。"对于陈子昂的死因,学者们有不同的推测,但是段简如此迫害陈子昂,大概是事实。可以想见,陈子昂对酷吏深恶痛绝,自然会遭此辈忌恨,以致最终死于非命。

陈子昂的思想相当复杂。他二十六岁拜麟台正字,四十岁以父老带官归侍,其间从政十四年。他二度从军,二次入狱,又曾二度从晖上人游,二次隐居。他头脑里充满正统儒家思想,但同时佛道出世之念也始终游离不去。永淳元年(682),他二十四岁中进士之后,因干谒权贵无成,曾归乡隐居,与晖上人过从,学仙求道。他自叙当时情形:"林岭吾栖,学神仙而未毕。"(《晖上人房饯齐少府使入京府序》)"囊括经世道,遗身在白云……浮荣不足贵,遵养晦时文。舒之弥宇宙,卷之不盈分。"(《感遇》其十一)充满了年轻人既想投身政治、跃跃欲试身手,又不得其门而颇费踌躇的矛盾心理。但这时他整个精神面貌是昂扬向上的。他不断地上疏,恳切地希望武则天施行仁政,成为明主,再现上古淳化之风、盛世之象。天授二年(691)秋至长寿二年(693)七月,他居蜀为继母守制,再度与晖上人交游。当服阕返洛时,他感叹道:"平生亦何恨,夙昔在林丘。违此乡山别,长谣去国愁。"(《遂州南江别乡曲故人》)仍然不能摆脱仕与隐矛盾的困扰。

陈子昂仕途很不得意,他所奏的谏议很少被采纳,而且还曾受牵连入狱经年,所以思想上颇为苦闷。后来陈子昂更多地还是与超凡脱俗的道家精神相契合,"晚爱黄老之言,尤耽味《易》象,往往精诣。在职默然不乐,私有挂冠之意"(《别传》),老庄哲学后来已经成其唯一的精神寄托。而当他随武攸宜北征契丹时,满腔热忱却再次遭挫,还受到降职处分。坎坷的际遇,终于使他对朝政完全失望:"雄笔!雄笔!弃尔归吾东山,无汩我思,无乱我心,从此遁矣。"(《与韦五虚己书》)故在不惑之年激流勇退,借口父老,辞别了险恶的官场,回到老家射洪。这时他已彻底淡薄了功名,真正想开始隐居了,"遂于射洪西山构茅宇数十间,种树采药以为养"(《别传》)。

谁料终未能逃脱酷吏们的魔爪,横遭迫害摧残,过早地结束了一生。

总之,陈子昂在政治上富有理想和才能,他提出"息兵""措刑"等政治主张,固然是为维护封建统治,但同时也是同情民生疾苦的,在当时具有进步意义。陈子昂的思想又是错综复杂的,儒家传统观念,以及佛、道出世思想,在不同时期对他产生了不同影响。我们了解其人,才能更准确深刻地体味和把握他的诗文作品。

三

陈子昂今存作品,有诗127首,文110余篇。他是一个在理论和创作实践上都有建树的文学家,是初唐诗歌革新的旗手,又是唐代古文运动的先驱。

唐代开国至陈子昂生活的时代已经六七十年,六朝以来的形式主义靡丽卑弱的文风一直占据了统治地位。《新唐书·文苑传》说:"唐兴,诗人承陈隋风流,浮靡相矜。"其间虽然出现了"初唐四杰",他们首先尝试变革,给文坛带来了清新的空气,但并未扭转局面,因此陈子昂《修竹篇序》的出现,可谓震聋发聩。他尖锐地指出,六朝以来的浮靡文风内容空虚苍白,一味雕琢词藻,完全背弃了汉魏至建安的优良文学传统,"文章道弊五百年矣!"为此他反对齐梁体,主张恢复汉魏风骨,强调"风雅""兴寄",要求文章内容充实,抒发真挚情感;同时要求与优美的艺术形式结合统一,"骨气端翔,音情顿挫,光英朗练,有金石声",要有气势,有精彩,抑扬顿挫,声韵谐和。此文在当时等于一篇文学革新的宣言,所以卢藏用推许说:"道丧五百争"(其十七),任何豪杰圣贤都不能抗争。如果说他对世界本体的认识是朴素的唯物的,那么对人类社会规律的认识则陷入客观的唯心史观。他虽然不赞同主观唯心的英雄史观,但却对人改造客观世界的能动性不抱积极态度,这终于导致他后来在政治上的逃避和超脱。

《感遇》诗深刻揭露现实的丑恶,抨击朝政的腐败。武则天任用酷吏,滥杀宗室,他说:"骨肉且相薄,他人安得忠?"(其四)对于尔虞我诈、趋利求荣的丑恶世态,他说:"谗说相啖食,利害纷嚁嚁。"(其十)他痛斥群小猖厥,残害良善;指责武则天刚愎自用,不能尚贤任贤。他一再批评武则天利用谶纬及佛教愚弄百姓,劳民伤财,尖锐指出:"先天诚为美,乱阶祸谁因?"(其九)明确反对:"吾闻西方化,清净道弥敦。奈何穷金玉,雕刻以为尊?"(其十九)并揭露其实质:"夸愚适增累,矜智道逾昏。"义正辞严,一针见血。

《感遇》诗真实披露自己的内心世界,鲜明地表现出诗人的自我形象。他抒发壮志难酬的愤慨和忧伤,"岁华尽摇落,芳意竟何成"(其二),"但恨红芳歇,凋伤感所思"(其三十一);倾吐苦闷彷徨,"圣人去已久,公道缅良难"(其十六);流露出对现实的失望不满以及忧谗畏祸的心理,"云海方荡潏,孤鳞安得宁"(其二十二)。其二十三感伤珍禽翡翠鸟因材美而遭祸,表达对才识之士命运的忧虑,"多材固为累,嗟息此珍禽"。因而他向往神仙境界,常常流露归隐情怀,"梦登绥山穴,南采巫山芝。探元观群化,遗世从云螭"(其三十六)。其十一塑造了高士鬼谷子的形象,是作者精神面貌的写照,洁身自好,不同流合污;其十八说"世道不相容,嗟嗟张长公",其三十说"唯应白鸥鸟,可为洗心言",无不表现他失意不遇的内心痛苦,真实而鲜明。

唐代诗人李白和杜甫对陈子昂非常仰慕。李白曾许其为"麟凤"(《李太白文集》卷一二《赠僧行融》)。他承陈子昂余绪,继续反对六朝以来的浮靡诗风,力主追复古道,其《古风》二卷,就是直接学习《感遇》诗的,所以朱熹说:"《古风》两卷,多效陈子昂,亦有全用其句处。"(《朱子语类》卷一四〇《论文下》)同样,杜甫对陈子昂和《感遇》诗也极为钦佩,赞道:"终古立忠义,感遇有遗篇。"(《杜工部集》卷五《陈拾遗故宅》)

《感遇》诗的艺术特色突出表现在运用比兴,托物言志。如其二是陈子昂归隐后的代表作,以幽芳的兰草、杜若喻己身之高洁,这些芳草空独孤寂地生长,岁华摇落,芳志无成,寄喻着他怀才不遇、理想破灭的忧伤愤懑,表现了他平生最大的悲哀。其他如诱骗落网的南山鹿(其十二)、与世无争的蜻蛉(其二十一)、毛羽艳丽的翡翠鸟(其二十三)、瑶台青鸟昆仑玄凤(其二十五)、遭击哀鸣的黄雀(其二十八)、自由自在的白鸥鸟(其三十)等等,无不各具寓意,寄托了作者种种美好的理想、高尚的志节、失意的感叹、无奈的悲伤。它们在作品中形象丰满鲜活,栩栩如生。

陈子昂结合自己二度从军的切身体会,写下了30多首边塞诗,包括《感遇》诗其三、其二十九、其三十四、其三十五、其三十七等五首。它们笔触犀利,思想深刻。或自写怀抱,或激励友人,抒发满腔报国热忱和建功立业的慷慨之志,如《感遇》其三十五、《东征答朝臣相送》《和陆明府赠将军重出塞》《送魏大从军》《登蓟城西北楼送崔著作融入都》等;抨击武周王朝军政腐败,边备松弛,将领无能,如《感遇》其三、其三十七;反对穷兵黩武,同情兵民苦难,如《感遇》其二十九;指斥武则天轻视边功,赏罚不明,如《感遇》其三十四、《西还至散关答乔补阙知之》《题祁山烽树赠乔十二侍御》《题居延古城赠乔十二知之》等;思念故国、家园,如《居延海树闻莺同作》;描写边塞风光,如《感遇》其三十四、《送魏大从军》等;览古感怀,抒发生不逢时、壮志难酬的悲愤和慨叹,如《蓟丘览古赠卢居士藏用七首》以及盖世名篇《登幽州台歌》。相当广泛地反映了边塞现实生活及其政治矛盾,足以代表初唐边塞诗成就,为盛唐边塞诗奠定了基调。明胡应麟说:"高适、岑参、王昌龄、李颀、孟云卿,本子昂之古雅而加以气骨者也。"(《诗薮》内篇卷二)其论不为无见。

陈子昂边塞诗,继承建安、正始文学的风格,自成格高气壮的鲜明特色。它们往往是大笔勾勒,如一些描绘边塞疆场的诗句,"朔风吹海树,萧条边已秋"(《感遇》其三十四)、"胡秦何密迩,沙朔气雄哉"(《感遇》其三十七)、"雁山横代北,狐塞接云中"(《送魏大从军》)、"星月开天阵,山川列地营。晚风吹画角,春色耀飞旌"(《和陆明府赠将军重出塞》),都是阔大苍凉的场景与粗犷豪迈的激情,取得和谐的统一,苍劲刚健,雄浑有气势。正如清人王夫之所评"正字古诗亢爽,一任血气之勇,如戟手语"(《唐诗评选》卷三)。

此外,陈子昂还创作了一些清新优美的诗篇,主要是五言律诗。描绘如画景物的,有被元方回誉为"唐人律诗之祖"的《白帝城怀古》(《瀛奎律髓》卷三);有被明胡应麟盛赞"平淡简远,为王、孟二家之祖"的《度荆门望楚》(《诗薮》内篇卷四)。"片云生极浦,斜日隐离亭。坐看征骑没,唯见远山青"(《送殷大入蜀》),"故人洞庭去,杨柳春风生。相送河洲晚,苍茫别思盈。白蘋已堪把,绿芷复含荣。江南多桂树,归客赠生平"(《送客》),思念家园,歌颂友情,意境深远,真挚动人。《送客》一首还被王夫之称许为力尽唐人五言佳境之作(《唐诗评选》卷二)。其他如《晚次乐乡县》《酬晖上人秋夜山亭有赠》《春夜别友人二首》等,与上述诸篇也仅在伯仲之间。这些律诗力矫六朝浮艳风习,语言不事雕琢,如"古木生云际,归帆出雾中"(《白帝城怀古》),"巴国山川尽,荆门烟雾开"(《度荆门望楚》),质朴清新,自然浑成。所以方回推评说:"陈拾遗子昂,唐之诗祖也,不但《感遇》诗三十八首为古体之祖,其律诗亦近体之祖也。"(《瀛奎律髓》卷一)

陈子昂的散文同样体现着他的文学主张。陈子昂一生关心政治,干预政治,写了许多奏疏,从各个方面阐述其鲜明的政治主张。其文现存110余篇,赋、表、碑文、墓志、颂、铭、序、奏议、书启等各体兼备,其中政论散文最能代表其成就。比较著名的篇章,有《为乔补阙论突厥表》《上蜀川安危事》《上军国机要事》《上军国利害事》《谏灵驾入京书》《谏雅州讨生羌书》《谏刑书》《谏政理书》《谏用刑书》等。在这些文章里,陈子昂阐明其政治主张中最重要的"息兵""措刑"的观点,揭露批判社会政治、经济、军事诸种弊端,同情人民苦难并分析其根源。除了内容充实而外,陈子昂的散文善于借古喻今,旁征博引;条分缕析,观点鲜明,而且感情充沛,气势飞动。语言亦同其诗风,摒弃丽藻成典,朴素刚健;还擅长结合骈散句式,文节错落有致,音韵铿锵。陈子昂散文在当时即获很高声誉,可以称得上是韩柳古文运动的先驱。唐梁肃言"唐有天下几二百载而文章三变,初则广汉陈子昂以风雅革浮侈……"(《唐文粹》卷九二《左补阙李翰前集序》)。韩愈更是推崇备至,声称"国朝盛文章,子昂始高蹈"(《韩昌黎集》卷二《荐士》)。但是陈子昂的文章还不能尽脱六朝积习,仍有骈偶成分,对此前人也有讥评,元马端临说:"陈拾遗诗语高妙,绝出齐梁……至其他文,则不脱偶俪卑弱之体"(《文献通考》卷二三一)。

总之,陈子昂的诗与文,都开风气之先。他所力主的反齐梁、复汉魏的理论,在当时无异于革新之号角,同时他还以丰富的创作实践其主张,并且取得相当的成就。尽管他有的作品内容还单薄,技巧还不精熟,但他为唐代诗文革新运动的奠定作出了贡献,所以明胡震亨、清沈德潜都把他比作诗国的陈胜、吴广,金人元好问所谓"论功若准平吴例,合著黄金铸子昂"(《遗山先生文集》卷一一《论诗三十首》),更是早就由衷地肯定了陈子昂的这份功绩。

四

陈子昂文集十卷,最初由其生前好友卢藏用结集成编,并且有卢氏所撰序文在前,《陈氏别传》附后。流传至今的众多抄本刻本,基本上都源出卢本。今天能见到的最早的本子是敦煌写本残卷《故陈子昂遗集》(见《敦煌宝藏》伯 3590 号)。宋元旧本仅见目录书著录,已无传本存世。明清以后传本比较重要的有:明弘治四年杨澄刻本,它比较完整地保存了卢本面貌,是今见最早的也是影响最大的刻本;《四库全书》本;清杨国桢刻《陈子昂诗文全集》本。目前收录最为完备的是1960年中华书局出版、由徐鹏点校的《陈子昂集》,它以《四部丛刊》影杨澄本为底本,校以《全唐诗》《全唐文》等,文字较为精善,个别编排有调整,并补辑了诗文遗篇。此次选译陈子昂诗文,共计诗62首、文4篇,其文字及编次即准此本为定。1981年四川人民出版社出版、由彭庆生校注的《陈子昂诗注》,以《四部丛刊》影杨澄本为底本,参校《唐文粹》《文苑英华》《唐诗纪事》和《全唐诗》等,其卷一为《感遇》诗,卷二、卷三将其余诗作编年排次,末附新撰《年谱》并汇集诸家评论等。这是很好的诗注本,也是此次注译的重要参考本。由于译者水平所限,译注中有错讹不妥之处,敬请专家和读者指正。

王岚(北京大学中国古文献研究中心)

诗

感遇三十八首

这是陈子昂的代表作,一组五言古诗,共三十八首。它们不是一时之作,成于后期的较多,编次没有一定的原则。它们继承了曹魏末期阮籍《咏怀诗》的余脉,借咏物叙事抒写作者的种种感怀,反映了作者的政治理想和对自然社会规律的认识;抨击了武周王朝的腐败统治,同情广大人民的苦难,抒发自己身逢乱世、忧谗畏讥的恐惧不安,和壮志难酬、理想幻灭的愤懑忧伤,以及向往隐逸、远祸全身的愿望。它们在艺术上继承了《诗经》和屈赋的比兴手法,一扫六朝浮靡习气,质朴雄浑,被誉为初唐诗歌"古体之祖"(元方回《瀛奎律髓》卷一)。杜甫对它评价很高:"终古立忠义,感遇有遗篇。"(《陈拾遗故宅》)李白的《古风》组诗显然受到它的影响。

其一

这首诗抒写对天道运行的认识和感触,认为月亮的升起和没落由天道制约,必然如此。寄托着诗人对武则天统治命运的推测和预言。

微月生西海①,幽阳始化升②。

圆光正东满③,阴魄已朝凝④。
太极生天地⑤,三元更废兴⑥。
至精谅斯在⑦,三五谁能征⑧?

---

① 西海:指西方极远之地。　② 幽阳:指落山后的太阳。幽:隐。
③ 圆光:满月。　④ 阴魄:月亮被地球所遮,成为无光的阴影。
⑤ 太极:古人认为是天地未分以前的混沌元气,又叫太初、太一。
⑥ 三元:即三正,夏以正月为岁首,商以十二月为岁首,周以十一月为岁首,分别称人元、地元、天元。更:替换。　⑦ 至精:指天道,是制约月亮运行的某种神秘存在。谅:确实。斯:助词。　⑧ 三五:指三正五德,是秦汉间方士用金木水火土五行附会王朝兴衰的学说。征:验证。

翻译

月牙儿在西海开始生长,
隐没的太阳就变化上升。
圆月正向东方运行满盈,
阴暗月魄已在早晨凝成。
从混沌元气萌生了天地,
三代纪元就已交替废兴。
天道谅必还是这样存在,
三正五德谁能加以确证?

其二

这首诗吟咏山林芳草默默生长,岁华摇落,芳意难成。抒发壮志未酬的感伤。

兰若生春夏①,芊蔚何青青②。
幽独空林色③,朱蕤冒紫茎④。
迟迟白日晚⑤,袅袅秋风生⑥。
岁华尽摇落⑦,芳意竟何成⑧!

---

① 兰若:兰草和杜若,两种香草。　② 芊(qiān)蔚、青青:都形容草木茂盛。　③ 空林色:使林中繁色为之一空。意思是说兰若独擅佳秀。一说,在空寂的林中显出秀色。　④ 朱蕤(ruí):红花。　⑤ "迟迟"句:用《诗经·豳风·七月》"春日迟迟"的语意,是说和煦光明的太阳缓慢地落山,到了晚上。　⑥ 袅袅:秋风吹动树木的样子。　⑦ 岁华:一年的繁花,喻一生的青春年华。　⑧ 芳意:喻美好的理想怀抱。

翻译

兰草杜若生长春夏时节,

茎叶茂盛多么美好青葱。
幽雅孤高独擅林中美色,
红花覆盖着紫色的株茎。
和煦阳光缓缓走向夜晚,
袅袅的秋风已悄悄来临。
一年的繁花都飘摇零落,
美好意愿终究如何完成!

其三

　　这首诗作于垂拱二年(686),诗人随从乔知之北征同罗、仆固。它借汉代史事以古讽今,描绘当时北方边塞亭堠失修、尸横旷野的荒凉悲惨景象,揭露和抨击了朝廷不积极抵御突厥的侵扰,将帅所任非人,以致边备松弛,给边地人民带来深重的灾难。

苍苍丁零塞①,今古缅荒途②。
亭堠何摧兀③,暴骨无全躯④。
黄沙漠南起⑤,白日隐西隅⑥。
汉甲三十万, 曾以事匈奴⑦。
但见沙场死⑧,谁怜塞上孤⑨?

① 苍苍:旷远迷茫的样子。塞(sài):边疆要害之处。丁零:古代族名,汉时属匈奴,游牧于今俄罗斯贝加尔湖地区。 ② 缅:遥远。 ③ 亭堠(hòu):古代边境上监视敌情的岗亭土堡。摧兀(wù):颓败孤立的样子。 ④ 暴骨:尸骨暴露荒野。 ⑤ 漠南:古代泛称蒙古大沙漠以南地区。 ⑥ 隅:角落。 ⑦ "汉甲"二句:汉高祖曾率兵三十万击匈奴,被困于白登城。武帝也曾派韩安国带三十万众击匈奴,无功而返。事见《史记·高祖本纪》及《韩长孺列传》。甲:甲兵。 ⑧ 沙场:指战场。 ⑨ 孤:指孤独无依的老人和孩子。

翻译

苍苍茫茫的丁零族要塞,
古往今来道路荒僻遥远。
岗楼哨所多么颓败孤单,
暴尸荒野没有完整躯干。
漫天黄沙起于大漠之南,
灿烂的太阳隐没在西边。
汉朝派遣了三十万士卒,
曾经前来与匈奴族争战。
只见他们纷纷战死沙场,
谁来怜悯边疆老幼孤单?

其四

　　这首诗讽谏武则天宠用酷吏,滥杀宗室。光宅元年(684)徐敬业起兵反抗,武则天怀疑天下人不服自己统治,知道宗室大臣怨恨观望,于是任用酷吏,诛杀李唐宗室,牵连了很多大臣。陈子昂为此曾多次上疏极谏。

乐羊为魏将,食子殉军功。
骨肉且相薄,他人安得忠①?
吾闻中山相,乃属放麑翁。
孤兽犹不忍,况以奉君终②。

---

①"乐羊"四句:《韩非子·说林上》载,战国时魏国大将乐羊攻中山国,中山国君便烹了乐羊的儿子,还做成羹送去,乐羊吃了那羹,然后攻下了中山。魏文侯虽赏其功,却因其忍心食子而疑其不忠。殉(xùn):通"徇",求取。薄:刻薄。　②"吾闻"四句:《韩非子·说林上》载,鲁大夫孟孙抓到一只小鹿,交给秦西巴,母鹿一直跟在后面啼哭,秦西巴不忍,就把小鹿放了。孟孙认为秦西巴心地善良,便让他当了自己儿子的老师。这里陈子昂用典有误,托子于"放麑翁"的是孟孙,而非中山相。中山:周时诸侯国名,治今河北定州、唐县一带。属(zhǔ):通"嘱",托付。麑(ní):幼鹿。孤兽:指小鹿。奉:侍奉。

翻译

乐羊做了魏国的将军，
吞食儿子去追求军功。
亲生骨肉还如此刻薄，
对待他人怎么会尽忠？
我听说那个中山国相，
便托子给放麑的老翁。
孤苦的小兽不忍加害，
更何况侍奉君主后代。

其五

这首诗讽刺世俗之人如同集市商贩一样倾轧争夺，夸耀奢豪，而不知神仙世界的超脱自在。言外抒泄了对黑暗现实的不满。

市人矜巧智①，于道若童蒙②。
倾夺相夸侈③，不知身所终。
曷见玄真子④，观世玉壶中⑤？
窅然遗天地⑥，乘化入无穷⑦。

①市人:集市的商贩。矜:自负。　②童蒙:幼稚无知的儿童。　③倾夺:倾轧争夺。侈:奢侈。　④曷:何。玄真子:泛指得道仙人,这里指壶公。　⑤"观世"句:《后汉书·费长房传》载,仙人壶公悬壶卖药于街头,到晚上便跳入壶中,只有费长房能够看得见,便跟着也跳入壶中,发现里面别有洞天。　⑥窅(yǎo)然:深远难测。　⑦乘化:顺应自然的变化。

翻译

集市商贩自负机巧聪明,
对于道术却似无知幼童。
倾轧争夺相互夸耀奢侈,
不知自身究竟怎样送终。
难道没有见那得道神仙,
观察世道潜身玉壶之中?
深远莫测地抛弃了尘世,
顺应造化进入宇宙无穷。

其六

这首诗抒写诗人鄙弃世俗,向往神仙境界的情怀。

吾观龙变化，乃知至阳精①。

石林何冥密②，幽洞无留行③。

古之得仙道，信与元化并④。

玄感非蒙识⑤，谁能测沦冥⑥？

世人拘目见，酣酒笑丹经⑦。

昆仑有瑶树⑧，安得采其英⑨？

---

①"吾观"二句：古人认为龙是至阳之精，变化无常。　②冥密：阴暗壅塞。　③留行：停留不前。　④元化：造化。并：合。　⑤玄感：指内心感应。蒙识：暗昧的识见。《唐文粹》作"象识"，指表面的认识。　⑥沦冥：指仙道深奥莫测。《全唐诗》作"沉冥"。　⑦丹经：指道家求仙之术。　⑧昆仑：山名，传说神仙居住的地方。瑶树：仙境中的玉树。　⑨英：花。

翻译

我看那神龙的变化无穷，
就知它是最高阳气之精。
岩石成林多么阴暗壅塞，
洞穴深邃无法将它挡住。

古时候的得道成仙之路,
确是与那造化合而为一。
玄妙感应并非暗昧识见,
有谁能够测知其中奥秘?
世上人拘泥于眼见为实,
醉醺醺地嘲笑丹经真义。
昆仑山上有那美玉仙树,
他们怎能采到它的花蕊?

其七

这首诗写诗人归隐林下,伤春惜时,不禁怀念远古的纯朴世道以及隐士高人,透露出对现实的不满与失望。

白日每不归①,青阳时暮矣②。

茫茫吾何思? 林卧观无始③。

众芳委时晦④,鹎鴂鸣悲耳⑤。

鸿荒古已颓⑥,谁识巢居子⑦?

---

① 归:指回到人间,光照大地。 ② 青阳:春天的别称。 ③ 林卧:卧于林下,喻退隐。无始:指大自然。道家认为万物起于混沌,有生于无,所以大自然无始无终,自在无穷。 ④ 委:委弃,凋谢。时晦:

时节已晚。　⑤鹈鴂(tí jué)：即杜鹃鸟，古人认为杜鹃一叫，所有的花就都开始凋谢了。如《离骚》有"恐鹈鴂之先鸣兮，使夫百草为之不芳"之句。　⑥鸿荒：指混沌初开的太古之世。鸿：大。颓：衰败。　⑦巢居子：即传说中尧时隐士巢父，他在树上筑巢而居，尧曾经想把天下让给他，被他拒绝了。

翻译

光明的太阳总不回人间，
春天的季节已到了晚暮。
望茫茫天地我想些什么？
归隐山林观察宇宙妙道。
万花纷谢在这晦暗时节，
杜鹃悲鸣声声摧人耳鼓。
远古的浑朴世风已衰颓，
有谁能认识那高士巢父？

其八

这首诗感慨人生迷茫，探索人生根源，推崇孔子尊《易》以及老子尚无，批评了佛教的因缘说和魏晋以来的名教繁杂庸俗。

吾观昆仑化①,日月沦洞冥②。
精魄相交构③,天壤以罗生④。
仲尼推太极⑤,老聃贵窅冥⑥。
西方金仙子⑦,崇义乃无明⑧。
空色皆寂灭⑨,缘业亦何成⑩!
名教信纷籍⑪,死生俱未停。

① 昆(hún)仑:通"浑沦",指天地混沌的时代。　② 沦:沉没。洞冥:幽深黑暗。　③ 精魄:犹言阴阳。交构:结合。　④ 罗生:罗列生物。　⑤ 太极:这里指《易经》原理。推太极:是说孔子推尊《易经》。《易·系辞》载,子曰:"《易》,其至矣乎!"　⑥ 老聃(dān):老子。窅(yǎo)冥:同"窈冥",深远幽隐的无形之道。这里指老子的贵无学说。　⑦ 金仙子:佛家对佛祖如来的称谓。　⑧ 无明:佛家语,为十二因缘的第一种,意思是无有智慧,不明事理,引起人生种种烦恼,所以又称为"痴"。佛旨意在指迷津,破痴情。　⑨ 空:佛教所谓的超越色相世界的一种境界。色:佛教认为世界上有形的万物都是色。寂灭:涅槃的意译,指超脱一切、入于不生不灭之界。佛教认为色即是空,空即是色。　⑩ 缘业:佛家语,指人的行动、语言、意识等造成的因缘。佛教认为所有人的境遇及生死都由前世业缘决定。　⑪ 名教:指儒家重名位的礼教。纷籍:众多而杂乱的样子。

翻译

我观察混沌时代的变化,
太阳月亮沦没黑暗之中。
阴气与阳气互相来结合,
天地之间才有万物众生。
孔子推尊的是《易经》太极,
老子贵重的是自然无穷。
西方的佛祖别号金仙子,
崇尚的教义是因缘无明。
如果空与色都归于寂灭,
那前世因缘又何须完成!
名位礼教确实多而杂乱,
人生到死都还争执不停。

其九

　　这首诗借古喻今,反对武则天愚弄人民。武则天为了代唐自立,曾指使一些人伪造图谶,制造舆论,欺世惑众。

圣人秘元命①,惧世乱其真。
如何嵩公辈, 诙谲误时人②。

先天诚为美③，阶乱祸谁因④？
长城备胡寇，嬴祸发其亲⑤。
赤精既迷汉⑥，子年何救秦⑦？
去去桃李花，多言死如麻⑧。

---

① 圣人：指孔子。元命：指天命。《论语·公冶长》载，子贡说："夫子之文章可得而闻也，夫子之言性与天道，不可得而闻也。" ②"如何"二句：指斥官嵩这样的人妄言谶纬贻害世人。嵩公，指官嵩，汉元帝时道人，曾著道书百余卷。见《神仙传》卷七。诙谲(jué)：戏谑、欺诈。 ③ 先天：在天形成之前即已存在。《易·乾卦·文言》说："先天而天弗违。"这里用其意，指比天命更为正确美好的安排。 ④ 阶：等级秩序。阶乱：使国家秩序混乱，即谓国家动乱。 ⑤"长城"二句：《史记·秦始皇本纪》载，秦始皇三十二年（前215）有图谶言"亡秦者，胡也"，秦始皇于是派蒙恬北击匈奴，筑长城以备御。赵高阴谋杀害扶苏，扶立其弟胡亥即位，朝政混乱。二世三年（前207），秦朝灭亡。嬴：秦皇族姓嬴。 ⑥ 赤精：汉高祖自称为赤帝之子。见《史记·高祖本纪》。迷汉：指汉哀帝建平二年（前5），夏贺良等制造谶文，假托赤精子预言。事见《汉书·哀帝纪》。 ⑦ 子年：东晋王嘉，字子年，能言未来之事。晋孝武帝，太元八年（383），前秦苻坚东侵前，曾请王嘉预言前途，王嘉答道："未央。"结果，苻坚在淝水大败。后人解释说，此年为癸未，"央"音"殃"，"未央"即是"癸未年遭殃"。 ⑧"去去"二句：劝诫人们祸从口出，慎勿多言。桃李

花:《史记·李将军列传》载,谚曰:"桃李不言,下自成蹊。"是说桃李艳美,吸引人前来,自然踏成了小路。

翻译

圣人从不公开宣讲天命,
害怕世人淆乱它的本真。
究竟为什么宫嵩那帮人,
用诡诞的谶言贻害世人。
先天的预测诚然很美好,
造成国家动乱谁是祸因?
修建长城本为防备胡寇,
秦朝的祸殃却发自皇亲。
赤精之谶已迷惑了汉帝,
王子年又怎能拯救前秦?
快快离去到那桃李花下,
多言而横死者密密麻麻。

其十

这首诗抒发愤世嫉俗之情,指斥争夺名利、互相倾轧的丑恶世道,而归于高蹈求仙,逃避现实。

深居观群动①，悱然争朵颐②。
谗说相啖食③，利害纷嚘嚘④。
便便夸毗子⑤，荣耀更相持。
务光让天下⑥，商贾竞刀锥⑦。
已矣行采芝⑧，万世同一时。

① 群动：万物的活动。原作"元化"，据《唐诗纪事》改。　② 悱(fěi)然：愁怨不满的样子。朵颐：鼓动腮颊嚼食，喻贪求名利。　③ 啖(dàn)：吃。　④ 嚘嚘(nì)：欺哄。　⑤ 便便(pián)：形容善于辞令。夸毗(pí)：大言以夸，诡言以附。　⑥ 务光：夏末高士，相传商汤灭夏之后，欲以天下让务光，务光不受，自投水死。见《庄子·让王》。　⑦ 刀锥：刀锥之末的省略，指刀和锥的尖处，比喻微末的小利。　⑧ 已矣：叹息之辞。采芝：采撷灵芝，喻求仙。

翻译

隐居不出观察人群动静，
人们愤愤地正争夺名利。
彼此谗言诽谤相互侵害，
利害攸关纷纷谎言相欺。

夸夸其谈趋炎附势之徒,
只为荣耀越发争执对立。
务光辞让掉商汤的天下。
行商坐贾竞争刀锥微利。
算了吧,还是去采集芝草,
千年万代无异短暂一时。

其十一

　　这首诗赞颂高士鬼谷子胸怀大略,不慕荣华,身处乱世,退养待时。寄托了诗人自己的情怀和抱负。

吾爱鬼谷子①,　青溪无垢氛②。
囊括经世道③,　遗身在白云④。
七雄方龙斗⑤,　天下乱无君。
浮荣不足贵,　　遵养晦时文⑥。
舒之弥宇宙,　　卷之不盈分⑦。
岂图山木寿⑧,　空与麋鹿群⑨!

---

① 鬼谷子:战国时纵横家,传说是苏秦、张仪的老师,楚国人,著《鬼谷子》一卷,有晋皇甫谧注本。　② 青溪:山名,在湖北省南漳县南,山东有泉,亦名青溪,又有鬼谷洞。晋郭璞《游仙诗》云:"青溪千余

仞,中有一道士……借问此何谁,云是鬼谷子。"垢氛:污浊之气。　③囊括:包罗。　④遗:留。　⑤七雄:指战国时秦、楚、燕、齐、韩、赵、魏七国。龙斗:喻指群雄割据混战。　⑥"遵养"句:用《诗经·周颂·酌》"於铄王师,遵养时晦"语,是说像周朝不用军队一样,退隐修养,使这个时代的文化道德晦暗起来,等待时机。　⑦"舒之"二句:用《淮南子·原道》形容道的话,"舒之幎于六合,卷之不盈于一握",是说鬼谷子拥有无所不包又变化无穷的道。　⑧山木寿:《庄子·山木》载,庄子见到伐木者不伐一棵大树,问其缘故,伐木者回答道"无所可用",庄子因而认识到"此木以不材得终其天年"。这里反用其意,是说不求像山木一样因无用而长寿,言外之意是要待时而用。　⑨麋(mí)鹿:鹿的一种,俗称"四不象"。

翻译

我喜欢那位鬼谷先生,
远离尘浊在青溪山居。
掌握所有的经世之道,
独住山上与白云相处。
战国七雄正龙争虎斗,
天下大乱没有了君主。
浮华虚荣不值得珍惜,
怀抱这时代文化不露。
舒展道术可充满宇宙,

卷起则不满一分厚度。

哪想如山树无用长寿,

空自与野鹿同群为伍!

其十二

　　这首诗感慨世人为富贵所诱惑,谋求君主宠幸,反而招来祸害,丧失荣耀。因而讽劝人们自甘冷落,避祸全身。

呦呦南山鹿①,**罹罟以媒和**②。

招摇青桂树③,**幽蠹亦成科**④。

世情甘近习⑤,**荣耀纷如何**!

怨憎未相复⑥,**亲爱生祸罗**。

瑶台倾巧笑, 玉杯殒双蛾⑦。

谁见枯城蘖, 青青成斧柯⑧!

---

① 呦呦(yōu):鹿和鸣声。　② 罹罟(lí gǔ):落网。媒和:通过媒介而结合。据说,古代猎人用驯鹿来诱捕群鹿。　③ 招摇:传说中古山名,产桂树,见《山海经·南山经》。　④ 幽蠹:指藏在树身里面的蛀虫。科:空,此指树身被蛀空。　⑤ 世情:世态人情。近习:指君主所亲幸的人。　⑥ 复:报复。　⑦ "瑶台"二句:意思是说,穷奢

极欲将导致覆亡。瑶台：美玉之台，极言其华丽。倾：覆灭。殒：死亡。巧笑、双蛾：都指代美女。　⑧"谁见"二句：扬雄《太玄·差》说，"过其枯城，或蘖青青"；《说苑·敬慎》载《金人铭》语，"青青不伐，将寻斧柯"。这里综合用这两个典故，意思是说，如果像枯木丛集的荒城里萌生的幼芽，即便长成青青的枝条，也不会有人来砍伐的。其喻意是，自甘冷落，不求荣华，便不会惹祸。

翻译

南山的鹿群呦呦和鸣，
落网全因驯鹿来勾引。
招摇山上的青青桂树，
蛀虫把树身啃蚀一空。
人情乐意为君主亲幸，
荣耀纷纷是何等情景！
怨仇还不曾给予报复，
亲爱的人将灾祸滋生。
瑶台在笑嫣之中倒塌，
玉杯在娥眉底下破损。
谁见过荒城枯树萌芽，
青青枝条被斧子砍伐！

其十三

诗人隐居山林，观察自然界草木生长的盛衰，感叹人生穷达的变化。

林居病时久①，**水木淡孤清**。
闲卧观物化②，**悠悠念无生**③。
青春始萌达④，**朱火已满盈**⑤。
徂落方自此⑥，**感叹何时平**？

① 病：困苦。　② 物化：道家认为万物的生死都是一样的，是一物变化为他物，所以称为"物化"。　③ 悠悠：长远的样子。无生：道家认为万物都产生于混沌元气，有生于无，本来都没有生命，所以说"察其始而本无生"（《庄子·至乐》）。这里是指万物起源。　④ 青春：指春天。萌达：指草木萌芽生长。　⑤ 朱火：指夏天。满盈：指草木茁壮成长。　⑥ 徂（cú）落：死亡，凋零。

翻译

隐居山林苦于时光久滞，
林泉清幽寂静心境淡泊。
我闲躺着观察万物变化，
无边地漫想宇宙的起源。
春天草木开始萌芽滋长，

夏季它们已经丰盈充满。

然而凋落也正从此开始,

何时我才能平息这感叹?

其十四

这首诗感慨历代兴亡,人事变迁。悲叹天命莫测,富贵无常。

临岐泣世道①,天命良悠悠②。

昔日殷王子, 玉马遂朝周③。

宝鼎沦伊瀔④,瑶台成故丘⑤。

西山伤遗老⑥,东陵有故侯⑦。

---

①"临岐"句:战国时杨朱走到歧路口,想到人生道路也像这样"可以南,可以北",因而感叹流泪(见《淮南子·说林》)。此用其事。
②悠悠:遥远无穷。　③"昔日"二句:是说商亡于周。殷王子:泛指殷商王室子弟。玉马:祥瑞之物,古时认为清明圣世,玉马出现,贤者来朝。事见《宋书·符瑞志》。　④"宝鼎"句:是说东周亡于洛阳。宝鼎:古代传国的重器,后称立国定都为"定鼎","沦鼎"即指亡国。伊瀔(gǔ):二水名,流经洛阳,这里即指代洛阳。　⑤瑶台:已见《感遇》其十二注。故丘:旧墟。　⑥西山:指首阳山,在山西永济

南。遗老:指伯夷和叔齐,商孤竹君的两个儿子。武王灭商之后,他们耻食周粟,逃到首阳山,采薇而食,结果饿死在那里。古代把他们当作高尚守节的典范。 ⑦东陵故侯:召平在秦朝封东陵侯,秦亡以后成了平民,种瓜为生,所以称为"故侯"。

翻译

面对岔路口为世道哭泣,
天命实在深远难以测料。
昨天都还是殷王的子孙,
玉马出现就去朝拜周朝。
宝鼎在伊水榖水里沉沦,
东周瑶台成了荒败土堡。
西山有令人哀伤的遗老,
东陵侯爵是秦朝的封号。

其十五

这首诗感慨君主喜怒无常,宠姬、忠臣不得善终。讽喻士大夫功成身退,不恋富贵。

贵人难得意①,赏爱在须臾。
莫以心如玉②,探他明月珠③。

昔称夭桃子， 今为春市徒④。

鸱鸮悲东国⑤，麋鹿泣姑苏⑥。

谁见鸱夷子， 扁舟去五湖⑦？

---

① 贵人：此指帝王辈。得意：意指讨他的喜欢和满意。　② 心如玉：比喻君子怀有高洁的心志操守。　③ 明月珠：即夜明珠，比喻封官赐爵。　④"昔称"二句：汉高祖宠姬戚夫人在高祖死后，被吕后囚禁，剪发舂米。事见《汉书·外戚传上》。夭(yāo)桃子：形容年轻美貌的女子。徒：服役之人。　⑤"鸱鸮"(chī xiāo)句：《史记·鲁世家》载，周成王年幼即位，周公代行国政，管叔、蔡叔等散布流言，发动叛乱，周公于是东征平叛，回来后赋诗《鸱鸮》(即《诗经·豳风·鸱鸮》)讽喻成王。鸱鸮：一种恶鸟，一说即猫头鹰。东国：指周公东征地区。　⑥"麋鹿"句：伍子胥谏吴王夫差，吴王不用，伍子胥就说："臣今见麋鹿游姑苏之台也。"(见《史记·淮南衡山列传》)预言吴国将被越王勾践灭亡。姑苏：台名，又称胥台，在苏州西南姑苏山上，相传为吴王所建。　⑦"谁见"二句：范蠡辅佐越王勾践灭吴之后，乘扁舟浮于江湖，自称鸱夷子皮。事见《史记·越王勾践世家》。五湖：泛指太湖流域。

翻译

那些君王很难讨他们欢心，

恩赏宠爱也只在片刻工夫。
不要用你高洁如玉的德操，
求取他们珍贵的夜光明珠。
当年堪称艳如桃花的女子，
如今沦落成舂米场的囚徒。
《鸱鸮》抒发周公东征的悲伤，
伍子胥痛哭麋鹿将游姑苏。
有谁看见越国功臣鸱夷子，
驾一叶小舟离国遨游五湖？

其十六

这首诗感慨"圣人"与"公道"遥不可及；指斥世风浮夸虚伪，显贵们投机取巧，争权夺利；缅怀礼贤下士的燕昭王和功成不居的鲁仲连；流露出对现实政治的深深不满。

圣人去已久，　公道缅良难①。
蚩蚩夸毗子②，尧禹以为谩③。
骄荣贵工巧，　势利迭相干④。
燕王尊乐毅，　分国愿同欢⑤。
鲁连让齐爵，　遗组去邯郸⑥。
伊人信往矣⑦，感激为谁叹⑧？

① 公道:指天下为公的大道。缅:远。　②蚩蚩(chī):纷扰的样子。夸毗:已见《感遇》其十注。　③谩(mán):欺骗。　④迭:交互。干:犯。　⑤"燕王"二句:战国时燕昭王礼贤下士,乐毅从魏国来到燕国,做了上将,联合赵、楚、韩、魏的军队,攻下了齐都临淄等七十余城,燕昭王把昌国分封给了他。事见《史记·乐毅列传》。⑥"鲁连"二句:鲁仲连,也称鲁连,战国时齐人,喜为人排难解纷。秦围赵都邯郸,鲁仲连游说平原君义不帝秦,赵欲封之,推辞不受。后齐攻聊城,鲁仲连写信给燕将,其城乃下,齐王想给他封爵,他却逃隐到海上。事见《史记·鲁仲连列传》。组:系官印的丝带。遗组:丢下官印,不做官。　⑦伊人:那些人,指燕昭王、鲁仲连等。⑧感激:感动激发。

翻译

圣人离开我们已经很久,

公道距今遥远确实困难。

那些浮夸小人纷纷扰扰,

连唐尧夏禹都视为欺骗。

骄宠荣耀全凭善于取巧,

为了争权夺利交相干犯。

燕昭王尊奉乐毅为上将,

分封昌国情愿同乐共欢。
鲁仲连辞让掉齐国爵禄,
抛弃官印就离开了邯郸。
他们确实已经成为过去,
心中感动激发为谁生叹?

其十七

这首诗叙写历代兴亡盛衰的历史,感慨天命运遇的不可抗争,悲叹豪杰圣贤的无能为力,寄托自己生不逢时的惆怅。

幽居观大运①,悠悠念群生②。 终古代兴没,豪圣莫能争③。 三季沦周赧④,七雄灭秦嬴⑤。 复闻赤精子,提剑入咸京⑥。 炎光既无象⑦,晋虏复纵横⑧。 尧禹道既昧⑨,昏虐世方行。 岂无当世雄,天道与胡兵⑩。 咄咄安可言⑪,时醉而未醒。 仲尼溺东鲁⑫,伯阳遁西溟⑬。 大运自古来,孤人胡叹哉⑭?

---

① 大运:指历代兴亡的天命运遇。 ② 群生:指百姓。 ③ 争:抗

衡。　④三季：指夏商周三代之末。周赧(nǎn)：东周最后一个君主，见《史记·周本纪》。　⑤七雄：指战国七雄，已见《感遇》其十一注。秦嬴：此指秦始皇。　⑥"复闻"二句：汉高祖曾经说过"吾以布衣提三尺剑取天下"。赤精：指汉高祖刘邦，已见《感遇》其九注。　⑦炎光：汉人自称以火德王，故炎光即代指汉朝。无象：谓国乱。　⑧晋虏：指晋时我国北部匈奴、鲜卑、羯、氐、羌等游牧民族，下文"胡兵"亦指此。纵横：恣肆横行，无所忌惮。　⑨尧禹道：指代圣人之道。　⑩"天道"句：是说天道助虐。与：赞助。　⑪咄咄(duō)：感叹声。《晋书·殷浩传》载，晋殷浩被桓温废免，终日在空中书写"咄咄怪事"四字。此用其语。　⑫"仲尼"句：孔子周游列国，不为所用，最后归死于鲁。溺：没。　⑬"伯阳"句：老子，字伯阳。周朝衰微，老子出关离去，不知所终。遁：逃隐。西溟：西海，泛指西方。　⑭孤人：作者自指。《唐诗纪事》作"旅人"。孤：孤独、特立。

翻译

隐居独处观察天命运遇，
想着历史长河中的百姓。
自古以来朝代兴衰更迭，
豪杰圣贤没人能抗天命。
三代最后沦没于周赧王，
七雄则被秦皇嬴政吞并。
又听说赤龙之子汉高祖，

举着利剑进入咸阳京城。
汉朝气数已尽国家动乱,
晋代北方民族割据纵横。
尧禹之道已经昏暗不明,
昏庸残暴正在世上横行。
难道就缺少当代的英雄,
只因为天道竟助佑胡兵。
呫呫怪事哪里能说明白,
老天醉了似的还没醒转。
孔子终于东归没于鲁国,
老子则往西海高蹈遁隐。
天命运遇自古以来如此,
孤独之人为何感叹悲鸣?

其十八

这首诗痛惜世风日下,正道衰颓,缅怀古代直臣高士,寄托自己决不同流合污的情怀。

逶迤势已久①,**骨鲠道斯穷**②。
岂无感激者, 时俗颓此风。
灌园何其鄙, 皎皎於陵中③。

世道不相容， 嗟嗟张长公④。

---

① 逶迤(wēi yí)：曲折婉转的样子。 ② 骨鲠(gěng)：比喻正直。斯：助词，无义。 ③ "灌园"二句：陈仲子，战国时齐人，居楚之於陵，号於陵仲子。楚王欲聘其为相，他却携妻逃走，替人灌园。灌园：浇灌田园。於(yú)陵：古地名，在今山东邹平境。 ④ 张长公：汉代张挚，字长公，不与世合，终身不仕。

翻译

邪曲之势已经积久，
正直之道困顿难行。
难道没有感奋之人，
眼下这种风气衰零。
替人灌园多么鄙陋，
品质高洁安居於陵。
世道不能容其存身，
张长公啊可佩可敬。

其十九

这首诗揭露批判武周王朝广建佛寺、大塑佛像、劳民伤财的弊政，指明其危害。天授元年(690)僧法明等编造《大云经》,诡称武则天是弥勒佛降世,当取代李唐做皇帝,所以武则天称帝以后便大力提倡佛教,来愚弄人民,巩固其统治。陈子昂则极力反对这种做法。

圣人不利己,　忧济在元元①。
黄屋非尧意②,瑶台安可论!
吾闻西方化③,清净道弥敦④。
奈何穷金玉,　雕刻以为尊?
云构山林尽⑤,瑶图珠翠烦⑥。
鬼功尚未可⑦,人力安能存?
夸愚适增累⑧,矜智道逾昏⑨。

① 忧济:为济世而忧愁。元元:平民百姓。　② 黄屋:用黄缯作车盖衬里的帝王车驾,也代指帝王。　③ 西方化:代称佛教。西方:佛家所谓的极乐净土。化:教化。　④ 清净:佛教专务清净。弥敦:更加笃厚。　⑤ 云构:形容屋宇高大壮丽,这里指庙宇。　⑥ 瑶图:指称装饰华美的佛像。　⑦ 鬼功:形容技艺精巧绝伦。　⑧ 夸愚:夸耀于愚民。　⑨ 矜智:自负聪明。

翻译

圣人从来不自私自利,
忧虑黎庶而想要拯济。
坐拥王位不是尧本意,
美玉高台哪里可论说!
我听说西方传来佛教,
清净的道义越发厚笃。
为什么用尽黄金宝玉,
以那奢靡的镌雕为贵?
庙宇高耸山林却伐净,
精美宝像过多缀珠翠。
鬼斧神工尚且不能成,
人工之力又如何能及?
夸耀愚民恰增添烦累,
自负智巧治道更昏聩。

其二十

诗人感慨世运衰微,公道不行,而个人又无力回天,所以怀抱着对现世的失望和厌憎,急切地想要弃俗归隐。

玄天幽且默①,群议曷嗤嗤②!

圣人教犹在，　世运久陵夷③。
一绳将何系，　忧醉不能持④。
去去行采芝，　勿为尘所欺⑤。

---

① 玄天：等于说苍天、青天。幽且默：幽寂而无声。　② 曷：何。嗤嗤(chī)：通"蚩蚩"，乱哄哄。　③ 世运：世道，指世事盛衰治乱的变化。陵夷：衰颓。　④ 忧醉：用《诗经·秦风·晨风》"未见君子，忧心如醉"语，意思是未遇明君，所以忧愁恍惚好像酒醉。持：扶持。　⑤ 尘：世尘，喻世风污浊。

翻译

苍苍青天寂静而无声，
众说纷纭有多么杂乱！
圣人的教诲仍然存在，
世道一直在衰落变迁。
一条绳索能拴住什么，
忧心如醉却无法扶持。
走吧走吧去采摘芝草，
不要被世俗欺骗污染。

其二十一

这首诗借古讽今，揭露武则天广开告密之门。任用诬告求荣的奸佞,抒发自己的愤慨和悲哀。

蜻蛉游天地①,与物本无患。

飞飞未能去, 黄雀来相干。

穰侯富秦宠, 金石比交欢②。

出入咸阳里③,诸侯莫敢言。

宁知山东客, 激怒秦王肝④。

布衣取丞相⑤,千载为辛酸。

---

① 蜻蛉:蜻蜓的别名。 ②"穰(rǎng)侯"二句:魏冉是战国时秦昭王母宣太后的异父弟,昭王年幼,魏冉为相执政,封于穰,号穰侯,权倾一时。后因范雎劝说昭王而被罢相,不久便去世了。事见《史记·穰侯列传》。 ③ 咸阳:秦国都城。 ④"宁知"二句:《史记·范雎列传》载,魏人范雎游说秦昭王,力言宣太后专制,穰侯擅权。昭王惧,遂废太后、逐穰侯,拜范雎为相,封应侯。山东客:即指范雎。范雎是魏国(治今开封西北)人,战国时称崤山或华山以东地区为山东。 ⑤ 布衣:平民百姓。

翻译

蜻蜓在天地之间游戏,

对他物本来没有患害。
飞啊飞啊还没有离开,
黄雀便过来干涉侵犯。
魏冉深受秦王的恩宠,
君臣交好坚如金石般。
在咸阳城里进进出出,
哪个诸侯也不敢进言。
怎知道来个山东说客,
一番话激怒秦王肺肝。
一介平民取代了丞相,
千年来使人辛酸伤感。

其二十二

秋天,诗人登高远望,感受到气候的肃杀、动荡,流露出对时局动乱的忧虑。

微霜知岁晏①,斧柯始青青②。
况乃金天夕③,浩露沾群英④。
登山望宇宙, 白日已西暝。
云海方荡潏⑤,孤鳞安得宁⑥!

① 岁晏:岁暮。晏:晚。　② 斧柯、青青:已见《感遇》其十二注。　③ 金天:即秋天。　④ 浩露:繁露。群英:众芳。　⑤ 荡潏(yù):摇动涌起的样子。　⑥ 孤鳞:一条鱼,这里是诗人自喻。

翻译

轻霜降下知年节已晚,
斧子砍伐那青青枝丫。
何况正是金秋的傍晚,
繁露沾润了大地百花。
登上高山放眼望世界,
光明的太阳已经西下。
浩渺云海正摇荡汹涌,
孤鱼儿想安宁也无法!

其二十三

这首诗惋惜翡翠鸟的不幸遭遇,抨击当时材美反遭迫害的不合理现象,流露出对自己未来命运的担忧。

翡翠巢南海①,**雄雌珠树林**②。

何知美人意，娇爱比黄金③。

杀身炎州里④，委羽玉堂阴⑤。

旖旎光首饰⑥，葳蕤烂锦衾⑦。

岂不在遐远⑧，虞罗忽见寻⑨。

多材固为累⑩，嗟息此珍禽。

---

① 翡翠：鸟名，也叫翠雀，雄赤名翡，雌青名翠，产于南海一带，羽毛可作饰物。　② 珠：形容树林美好。　③ 娇爱：娇贵爱怜。　④ 炎州：泛指南海之地。　⑤ 委：堆积。玉堂：泛指富贵宅第。　⑥ 旖旎(yǐ nǐ)：繁盛的样子。光：明亮。　⑦ 葳蕤(wēi ruí)：鲜丽的样子。烂：形容华美鲜明。　⑧ 遐：远。　⑨ 虞罗：这里指捕猎翠雀的人。虞，古代掌管山泽的官称虞人。罗，古代掌管捕鸟的人称罗氏。　⑩ 累：忧患。

翻译

翡翠鸟儿筑巢在南海，
雌雄伴飞珠玉树林间。
哪里晓得美人的心思，
娇贵爱怜像黄金一般。
在炎热南州身遭杀害，
羽毛堆积在高堂后面。

翠羽鲜亮使首饰闪光,
华丽羽毛令锦被灿烂。
难道不是已躲得很远,
突然却被捕猎人寻见。
材美本来是一种牵累,
我为这珍禽深深嗟叹。

其二十四

这首诗讽刺浅薄的投机钻营者,即使位极宰相,显赫一时,但智小谋大,力小任重,结果身败名裂。

挈瓶者谁子[①]**? 姣服当青春**[②]**。**
三五明月满[③]**, 盈盈不自珍**[④]**。**
高堂委金玉, 微缕悬千钧[⑤]**。**
如何负公鼎[⑥]**, 被夺笑时人**[⑦]**?**

---

① 挈(qiè)瓶:拿着水壶。《左传》昭公七年:"虽有挈瓶之知,守不假器,礼也。"意思是拿水壶的责任是汲水,虽然知识浅,但是懂得保守水壶,不借给别人。这里用来比喻守职者的小智小材。　② 姣(jiāo)服:华服。　③ 三五:指农历十五日。　④ 盈盈:形容月光美满。原作"盈华",据《唐文粹》改。　⑤ 微缕:细线。千钧:三十斤为

一钧,"千钧"形容器物之重。 ⑥负公鼎:比喻担任宰相,负责治国。传说伊尹曾经背着鼎以滋味游说商汤称王天下(《史记·殷本纪》)。鼎:古时烹具。 ⑦夺:剥夺,指罢相。

翻译

那个拿壶打水人是谁?
明媚春光里身着华服。
好像十五的明月圆满,
美好而不知珍惜自保。
高堂上堆积黄金美玉,
像细线吊挂千钧铁砣。
为什么那治国的宰相,
削职被世人耻笑羞辱?

其二十五

在深秋肃杀气氛逼近的时候,诗人有感时局动乱,更加向往超凡脱俗的神仙境界,想要远遁以避祸。

玄蝉号白露①,兹岁已蹉跎②。
群物从大化③,孤英将奈何?
瑶台有青鸟④,远食玉山禾⑤。

昆仑见玄凤⑥,岂复虞云罗⑦?

---

①玄:浅黑色。号:啼叫。白露:白露时节,秋天来临。 ②蹉跎(cuō tuó):虚度光阴。 ③大化:自然气象的变化。 ④瑶台:传说中西王母住的宫殿,在昆仑山。青鸟:传说中西王母所使之神鸟。见《山海经·大荒西经》。 ⑤玉山禾:神禾,又称木禾。传说是西王母居住的玉山上生长的一种神异谷物。见《山海经·西山经》及《海内西经》。 ⑥昆仑:传说中西王母所居之山。 ⑦虞:戒备。云罗:形容罗网似云。

翻译

黑蝉儿在白露时节啼鸣,
这一年已经白白地过去。
万物随着大自然而变化,
孤单的花朵对此能如何?
西王母瑶台有神异青鸟。
它远在玉山啄食那木禾。
昆仑山上看见黑色凤凰,
难道它还怕穿云的网罗?

其二十六

这首诗借穆天子遨游的传说,讽刺帝王不恤旷怨,表露出对宫中妇女悲惨命运的深切同情。

荒哉穆天子①,好与白云期②。
宫女多怨旷③,层城闭蛾眉④。
日耽瑶池乐⑤,岂伤桃李时⑥。
青苔空萎绝⑦,白发生罗帷⑧。

---

① 穆天子:即周穆王。他曾经西征犬戎,后人遂演绎成周穆王乘八骏西行见西王母的故事,名为《穆天子传》。 ② 白云期:指游仙。期,约。 ③ 旷:久。古时称不能适时嫁娶的男女为怨女、旷夫。 ④ 层城:又作增城。神话传说中昆仑山上有层城九重,后即比喻高大的城阙。闭:阻绝。蛾眉:形容女子双眉细而弯,这里代指美女。 ⑤ 耽:玩乐、沉溺。瑶池乐:传说西王母在瑶池设酒宴回请周穆王,还为周穆王唱了一曲歌谣。 ⑥ 桃李时:比喻女子的青春年华。 ⑦ 萎绝:枯谢。 ⑧ 罗帷:丝织的帐幕,指宫闱。

翻译

多么荒唐啊穆天子,
喜同神仙邀约往来。
宫中女子怨恨旷居,

深宫高阙关锁粉黛。

日日沉溺瑶池宴乐,

哪管宫女伤春情怀。

路上青苔空自枯干,

宫闱禁闭宫女头白。

其二十七

这首诗当作于长寿二年(693),诗人服阕出蜀,路过宜都,遥望巫山,触发了楚王与神女荒唐遭遇的联想,感慨历史上荒淫亡国的教训,遂有不胜忧国之思。

朝发宜都渚①,浩然思故乡。

故乡不可见, 路隔巫山阳②。

巫山彩云没, 高丘正微茫③。

伫立望已久, 涕落沾衣裳。

岂兹越乡感, 忆昔楚襄王④。

朝云无处所⑤,荆国亦沦亡⑥。

---

① 宜都:县名,今为湖北省宜都市。渚(zhǔ):水边。 ② 巫山:山名,在重庆巫山县东。阳:山之南。 ③ 高丘:宋玉《高唐赋》有"巫山之阳,高丘之阻"之语。微茫:隐约模糊。 ④ 楚襄王:即楚顷襄

王,战国楚怀王之子,曾游云梦泽,命宋玉作《高唐赋》,见《高唐赋序》。 ⑤朝云:即巫山神女。《高唐赋》载,楚怀王游高唐梦遇神女,神女自称"旦为朝云,暮为行雨"。怀王遂为立庙,号曰朝云。 ⑥荆国:楚国的古称。

翻译

清早离开宜都江边,
思绪飞荡想念家园。
故乡可是无法看见,
道路阻隔巫山之南。
巫山顶上彩云出没,
高丘险阻模糊难辨。
独自站立遥望已久,
珠泪滚落沾湿衣衫。
难道只是离乡伤感,
原来忆起襄王当年。
神女朝云飘无定所,
楚国终也衰亡沦湮。

其二十八

这首诗也是路过荆州时所作,借刺楚王荒淫亡国,讽喻当世。

昔日章华宴①，荆王乐荒淫②。
霓旌翠羽盖，射兕云梦林③。
揭来高唐观④，怅望云阳岑⑤。
雄图今何在？黄雀空哀吟⑥。

① 章华：台名，相传为春秋时楚灵王所建，旧址在今湖北监利县西北。　② 荆王：即楚王。　③"霓旌"二句：描写楚宣王在云梦结驷千乘，旌旗蔽日，游猎射兕的场景。事见《战国策·楚策一》。霓旌：一种仪仗，用彩色鸟羽作装饰的旗。兕(sì)：兽名，似犀，也有人说即雌犀。云梦林：即云梦泽，大致在今湖南益阳市北，湖北江陵县南、武汉市以西一带地区。　④ 揭(jié)来：来的意思，"揭"是发语词。高唐观：古楚国台观，故址在今湖北荆州市，战国楚宋玉有《高唐赋》。已见《感遇》其二十七注。　⑤ 怅：失意的样子。云阳岑(cén)：山名，当在云梦泽中。岑：小而高的山。　⑥"黄雀"句：《战国策·楚策四》载，黄雀本来与世无患无争，却被人击落。庄辛以此劝谏楚襄王以国事为重，不要耽于游乐。

翻译

从前章华台的欢宴,
楚王游乐荒淫纵情。
彩色旌旗翠羽帷盖,
捕射犀兕云梦之林。
此番来到高唐古观,
怅然遥望云阳之岭。
宏图伟略今在哪里?
黄雀遭擒徒自悲鸣。

其二十九

这首诗作于垂拱三争(687)岁末。当时武则天想开通蜀道,讨伐雅州生羌,进而远攻吐蕃。诗人极力反对这种穷兵黩武的行为,因而上《谏雅州讨生羌书》,极言其七不可以止之。此诗反复描述西征道途艰难险阻,揭露统治者失策,给广大人民带来深重的灾难。

丁亥岁云暮, 西山事甲兵①。
赢粮匝邛道②,荷戟惊羌城③。
严冬岚阴劲④,穷岫泄云生⑤。
昏曀无昼夜⑥,羽檄复相惊⑦。

拳跼竟万仞⑧,崩危走九冥⑨。

籍籍峰壑里⑩,哀哀冰雪行⑪。

圣人御宇宙, 闻道泰阶平⑫。

肉食谋何失⑬,藜藿缅纵横⑭。

---

①"丁亥"二句:是说垂拱三年(687)武则天想开蜀山,讨伐雅州生羌,远袭吐蕃。《资治通鉴》卷二〇四误系此事在垂拱四年冬十二月。云:语中助词,无义。甲兵:军队。　②赢:担负,原误作"羸",据《唐诗纪事》改。匝(zā):环绕。邛:指邛崃(qióng lái)山,在四川荥经县西。　③荷:负。戟(jǐ):古兵器名,合戈矛为一,可以直刺和横击。惊:《唐诗纪事》作"争"。　④岚阴:阴寒的山气。　⑤穷岫(xiù):荒远的山谷。泄云:泄出的云,流云。　⑥昏曀(yì):形容天色阴沉多风。　⑦羽檄(xí):即羽书,古时军事文书插上羽毛,以示紧急。　⑧拳跼(jú):形容曲身弯腰不得伸展。原作"攀跼",据《唐诗纪事》改。竞:争逐。万仞:形容山极高。　⑨崩危:山石崩塌。九冥:九泉之下,比喻山路危险,如入地府。　⑩籍籍:杂乱拥挤。⑪哀哀:悲伤不已。　⑫泰阶:又名三台星,古星象学以为象征朝廷、国家的星座。平:太平。　⑬肉食:吃肉的人,指执政官。⑭藜藿(lí huò):莱菜和豆叶,这里指吃野菜的百姓。

翻译

在丁亥这一年岁末,
蜀郡西山发生战争。
负粮绕走邛崃山道,
扛戟惊动生羌寨城。
严冬山风阴寒强劲,
荒僻山谷云雾蒸腾。
天色阴暗不辨昏晓,
插羽檄书又传警声。
弓身竞上万仞高峰,
山石欲崩地狱深深。
拥挤杂乱穿行峰谷,
踩雪踏冰一片哀鸣。
圣人统治天下之世,
听说三台星座太平。
执政高官多么失策,
百姓憔悴奔走远征。

其三十

这首诗感叹趋利遭祸,多才自损,以许由、屈原相期许,表达其避俗远祸、洁身自好之志。

揭来豪游子①,势利祸之门②。
如何兰膏叹③,感激自生冤!
众趋明所避④,时弃道犹存。
云渊既已失⑤,罗网与谁论?
箕山有高节⑥,湘水有清源⑦。
唯应白鸥鸟, 可为洗心言⑧。

① 揭来:这里是发语词,无义。豪游子:纵情远游的人。　② 祸之门:祸根的意思。　③ 兰膏叹:《汉书·龚胜传》载,西汉末楚彭城人龚胜,在王莽新朝不再做官,死后有老父来吊唁,伤叹说"熏以香自烧,膏以明自销"。"兰"喻可制香料的香草,"膏"指可以点燃照明的油脂,这里用来表示有才却因才遭毁。　④ 趋:归附。　⑤ 云渊:指鸟可高飞入云,鱼可潜藏入渊。　⑥ 箕(jī)山:在河南登封东南。相传尧想把天下让给许由,许由逃到箕山之下种田,尧又想召他做九州长,许由便跑到颍水之滨去洗耳。事见《高士传》卷上。⑦ "湘水"句:赞颂屈原忠贞。屈原遭到陷害,被楚王流放到沅湘一带,最后投汨罗江而死。　⑧ "唯应"二句:《列子·黄帝篇》载,从前有个人每天早晨到海上去与鸥鸟嬉戏,总有上百只鸟儿聚集到他身边来,而当他起了捕鸥的念头时,鸥鸟就不再飞来了。这里以鸥鸟为知己,可以表明心迹。洗心:指荡涤心中杂念。

翻译

呵！那些外出豪游的人，
追求势利开启祸患之门。
何必叹息兰膏因材而尽，
感动激发自己造成怨愤！
众人所趋指明躲避所在，
被时世抛弃而道义尚存。
既然失去了白云和深渊，
投入罗网跟谁说理评论？
箕山之下有许由的高节，
湘水之中有屈原的清贞。
只应当交游海上白鸥鸟，
可对它们倾吐荡涤机心。

其三十一

这首诗描写芳树由盛到衰，寄托着诗人自身经历的真实体验，抒发其无尽的惆怅和感慨。

可怜瑶台树①，灼灼佳人姿②。
碧华映朱实③，攀折青春时。
岂不盛光宠， 荣君白玉墀④。

但恨红芳歇⑤,凋伤感所思。

---

① 可怜:可爱。　② 灼灼:形容花树鲜艳繁盛。　③ 华:通"花"。实:果实。　④ 荣:获得荣耀。墀(chí):殿前空地或殿阶。　⑤ 歇:衰败。

翻译

玉台之树多可爱,
丰茂艳丽似美人。
碧玉花照红果实,
攀折要趁春时分。
难道恩宠还不盛,
白玉殿前令君荣。
只恨红花终衰败,
零落感伤思绪纷。

其三十二

这首诗抒写独居思乡,向往游仙,又不合世俗,因而深深怀归。可能作于为继母守孝后回京任右拾遗期间,"在职默然不乐,私有挂冠之意"(卢藏用《陈子昂别传》)。

索居独几日， 炎夏忽然衰。

阳彩皆阴翳①，亲友尽睽违②。

登山望不见， 涕泣久涟洏③。

宿昔感颜色④，若与白云期⑤。

马上骄豪子⑥，驱逐正蚩蚩⑦。

蜀山与楚水⑧，携手在何时？

---

① 阳彩：即阳光。阴翳(yì)：云彩障蔽。 ② 睽(kuí)违：别离。 ③ 涟洏(ér)：垂泪的样子。 ④ 宿昔：早晚，经常。感颜色：是说容颜变老。 ⑤ 若：乃。白云期：喻高蹈游仙，已见《感遇》其二十六注。 ⑥ 骄豪子：傲慢强横的人。 ⑦ 驱逐：指追逐名利。蚩蚩：已见《感遇》其十六注。 ⑧ "蜀山"句：喻指家乡归路。

翻译

离群独处只几天，

炎炎暑热忽衰竭。

阳光都被乌云掩，

亲朋好友全分别。

登上高山看不见，

哭泣良久泪不绝。
常常感叹容颜变,
才同白云订盟契。
骄横之辈骑马上,
追逐名利忙不歇。
蜀国山与楚地水,
等到何时手相携?

其三十三

诗人早年曾好神仙之术,中年虽已退隐山林,但仍忧愤苦闷不能释怀,加上疾病缠身,故在诗中感叹年华易逝,进而怀疑仙道的虚妄。

金鼎合神丹,　世人将见欺。
飞飞骑羊子,　胡乃在峨眉①?
变化固非类②,芳菲能几时③?
疲疴苦沦世④,忧悔日侵淄⑤。
眷然顾幽褐⑥,白云空涕洟⑦。

---

① "飞飞"二句:《列仙传》卷上载,周成王时有羌人葛由,好刻木羊,骑入蜀中,卖之。蜀中王侯知其为仙人,追随着他上了峨眉山西南

边的绥山,都得了仙道。飞飞:形容快速疾逝。骑羊子:即葛由。胡乃:表示反问的语气词。 ② 非类:不是同类。 ③ 芳菲:比喻人的青春年华。 ④ 疲痾(kē):疲劳苦病。 ⑤ 侵淄(zī):侵蚀污染。淄,通"缁",黑色。 ⑥ 眷然:依恋向往的样子。顾:念。幽褐(hè):此指隐士之服。幽,通"黝",黑色。褐,黄黑色的粗毛或粗麻短衣。 ⑦ 涕洟(yí):涕泗,眼泪和鼻涕。

翻译

金色宝鼎炼出灵丹,
世上的人将被欺骗。
骑羊如飞那一神仙,
为何会在峨眉山巅?
变化必然化为异类,
人的年华能有几天?
疲病折磨沉沦世间,
忧愁悔恨每噬心田。
深情眷念隐士衣衫,
空望白云涕泪满面。

其三十四

这首诗作于陈子昂随建安王武攸宜东征契丹之时,借戍卒"幽燕客"之口抒写自己的怀抱。诗中描述幽燕客青年时代的游侠生活,赞扬他戍守边疆慷慨报国的热忱,同情他备受压抑的遭际。

朔风吹海树①,萧条边已秋。

亭上谁家子②,哀哀明月楼。

自言幽燕客③,结发事远游④。

赤丸杀公吏, 白刃报私仇⑤。

避仇至海上, 被役此边州。

故乡三千里, 辽水复悠悠⑥。

每愤胡兵入⑦,常为汉国羞。

何知七十战, 白首未封侯⑧!

---

① 海:这里指渤海。 ② 亭:亭堠,岗楼哨所。 ③ 幽燕:古代十二州中有幽州,周时属北燕,大致在今河北北部及辽宁一带。相传其俗慷慨,尚气任侠。 ④ 结发:古俗男子成童开始束发。 ⑤ "赤丸"二句:《汉书·尹赏传》载,长安城中的少年侠客受财行刺,相约得红色弹丸者杀武吏,得黑色弹丸者杀文吏。白刃:锋利的刀。 ⑥ 悠悠:形容遥远无穷。 ⑦ 胡兵:这里指东北契丹民族的军队。 ⑧ "何知"二句:汉武帝时名将李广,一生与匈奴大小七十余战,威震匈奴,号飞将军。但终未得封侯。事见《史记·李将军列传》。

翻译

北风吹动渤海边树木,
满目萧条边地已深秋。
哨亭上是哪家的子弟,
悲声发自月光下岗楼。
自称从幽燕来此异地,
束发成人就离家远游。
探得红丸杀过公府官,
手执利剑报过私家仇。
躲避仇家来到渤海上。
从军服役将边城防守。
故乡遥远在三千里外,
辽河水依旧悠悠长流。
每每痛恨契丹兵来犯,
常常替中国忍辱蒙羞。
哪知将军身经七十战,
直到白头还未曾封侯!

其三十五

这首诗作于垂拱二年(686)诗人跟随乔知之北征同罗、仆固期间。诗中抒写从军报国、慷慨激昂的情怀,以及对朝廷不积极备边的感愤。

本为贵公子①,平生实爱才。
感时思报国, 拔剑起蒿莱②。
西驰丁零塞③, 北上单于台④。
登山见千里, 怀古心悠哉。
谁言未亡祸⑤,磨灭成尘埃。

① 贵公子:诗人自称。 ② 蒿(hāo)莱:野草丛。 ③ 丁零塞:已见《感遇》其三注。 ④ 单于台:古地名,故址在今内蒙古呼和浩特市西。《汉书·武帝纪》载,汉武帝曾经北出长城,登单于台与匈奴约战。 ⑤ 亡:通"忘"。

翻译

我本是富贵人家子弟,
平素确实是赏爱才干。
感慨时势想报效国家,
拔剑奋起在草野之间。
向西驰奔到丁零古塞,
往北将单于之台登攀。

登山极目见千里辽阔,

怀想古昔任思绪悠远。

谁说还没有忘却战祸,

历史已磨灭成了灰烟。

其三十六

这首诗悲叹生不逢时,借托仙游之梦境表达作者欲避世隐居而不能的怅惘心情。

浩然坐何慕①?吾蜀有峨眉②。

念与楚狂子③,悠悠白云期④。

时哉悲不会, 涕泣久涟洏⑤。

梦登绥山穴⑥,南采巫山芝⑦。

探元观群化⑧,遗世从云螭⑨。

婉娈将永矣⑩,感悟不见之⑪。

---

① 坐:因为。　② 峨眉:山名,在今四川峨眉山市。　③ 楚狂子:指楚狂接舆,姓陆名通,昭王时佯狂不仕,曾经唱着歌经过孔子的车驾,后来隐居峨眉山,传说成为仙人。事见《论语·微子》及《高士传》卷上。　④ 悠悠:形容高远。　⑤ 涟洏(ér):流泪的样子。　⑥ 绥(suí)山:即中峨山,参见《感遇》其三十三注。　⑦ 巫山:在重

庆巫山县东。 ⑧元:指自然之道。 ⑨螭(chī):传说中一种无角之龙。 ⑩婉娈(luán):形容感情缠绵深挚,一说形容龙飞的样子。 ⑪感悟:这里指梦醒。

翻译

思绪飞扬因为爱慕什么?
我们蜀中有一座峨眉山。
想与楚国那位狂人交游,
期约在那悠悠白云之间。
时世啊不能遇合真悲哀,
伤心哭泣很久涕泪满面。
睡梦之中登临绥山洞穴,
采摘巫山芝草到了南边。
探索自然观察万物变化,
弃俗世随螭龙遨游云间。
神龙飞腾将长久离去了,
醒来它的踪影遍寻不见。

其三十七

这首诗愤恨突厥猖狂,又为当时边将腐败、边备松弛、边民涂炭而痛心疾首。

朝入云中郡①，北望单于台②。

胡秦何密迩③，沙朔气雄哉④。

籍籍天骄子⑤，猖狂已复来。

塞垣无名将⑥，亭堠空崔嵬⑦。

咄嗟吾何叹？边人涂草莱⑧。

① 云中郡：古地名，战国时属赵地，东汉末废，治今内蒙古托克托县东北。　② 单于台：已见《感遇》其三十五注。　③ 胡秦：这里指突厥和中国。密迩(ěr)：贴近。　④ 沙朔：北方沙漠。　⑤ 籍籍：这里形容喧嚣嘈杂。天骄子：这里指突厥。《汉书·匈奴传》载，匈奴单于在给汉朝的使书中自称为"天之骄子"。　⑥ 塞垣(yuán)：指边塞。无：原作"兴"，据《唐文粹》改。　⑦ 亭堠：岗楼哨所。崔嵬(wéi)：高耸的样子。　⑧ 涂：污。草莱：杂草，指荒野。

翻译

清早进入云中古郡，
向北瞭望单于之台。
突厥与我挨得多近，
漠北称雄气势豪悍。

嘈杂喧嚣天之骄子，
已经再次猖狂来犯。
边关要塞缺少名将，
亭堡空自高耸云汉。
唉声连连我叹什么？
边民横死血染荒原。

其三十八

这首诗阐述自然万物循环变化的规律，抒发作者身逢乱世而又无力回天的愤懑与无奈。

仲尼探元化， 幽鸿顺阳和①。

大运自盈缩②，春秋迭来过。

盲飙忽号怒③，万物相分劘④。

溟海皆震荡⑤，孤凤其如何⑥？

---

① 幽鸿：指北方的鸿雁。阳和：春天的暖气。　② 盈缩：进退。
③ 盲飙（biāo）：暴风。　④ 分劘（mó）：折磨。劘：通"磨"。　⑤ 溟海：大海。　⑥ 孤凤：本指孔子，这里也有自许的意思。《论语·微子》载，楚狂接舆唱着"凤兮，凤兮，何德之衰！"经过孔子的车前，感慨即使像孔子那样的圣人从政，亦于世无济。

翻译

孔子探究大自然的变化,
北雁南飞顺应阳和规律。
天道运转自然伸缩进退,
春与秋的来去先后交迭。
疾劲的暴风忽然间怒号,
天地间万物相互受摧折。
浩瀚的大海都波涛震荡,
孤高的凤鸟又奈其谁何?

观荆玉篇并序①

这是一首寓意古诗。据诗序,有人指责作者把酸枣树误认为仙人杖,乔知之为此作《采玉篇》,用宋人不识玉的故事讥讽作者。作者便作本诗回答,并借题发挥,感慨"君臣之际、朋友之间"因信谗而增疑,造成误会,以致隔阂。

① 荆玉:即有名的"和氏璧"。《韩非子·和氏》载,楚人和氏得到一块玉璞,献给楚厉王、楚武王,却都被认为是石头而被砍去了双脚。等到楚文王即位,才叫匠人雕琢,终于得到了宝璧。

丙戌岁①,余从左补阙乔公北征②。夏四月,军幕次于张掖河③。河洲草木无他异者,惟有仙人杖④,往往丛生。幽朔地寒,与中国稍异。余家世好服食⑤,昔尝饵之⑥。及此役也,而息意兹味⑦。戍人有荐嘉蔬者⑧,此物存焉。莞尔而笑曰⑨:"始者与此君别⑩,不图至是而见之。岂非神明嘉惠?欲将扶吾寿也⑪。"因为乔公昌言其能⑫。时东莱王仲烈亦同旅⑬,闻之大喜,甘心食之,已旬有五日矣。适有行人自谓能知药者⑭,谓乔公曰:"此白棘也⑮,公

何谬哉?"仲烈愕然而疑,亦曰:"吾怪其味甜,今果如此。"乔公信是言,乃讥余,作《采玉篇》,谓宋人不识玉而宝珉石也⑯。余心知必是,犹以独见之故⑰,被夺于众人⑱,乃喟然叹曰:"嗟呼! 人之大明者目也,心之至信者口也。夫目照五色,口分五味,玄黄甘苦,亦何断而不惑也。而路傍一议,二子增疑⑲,况君臣之际、朋友之间! 自是而观,则万物之情可见也。"感《采玉咏》⑳,作《观玉篇》以答之,并示仲烈,讥其失真也。

鸱夷双白玉㉑,**此玉有淄磷**㉒。
悬之千金价,　举世莫知真。
丹青非异色㉓,**轻重有殊伦**㉔。
勿信工言子㉕,**徒悲荆国人**㉖。

---

① 丙戌岁:武则天垂拱二年(686)。　② 乔公:即乔知之,武则天时累官右补阙、左司郎中,《旧唐书》有传。垂拱二年,左豹韬卫将军刘敬周帅河西骑兵从居延入讨金微州都督仆固始,左补阙乔知之摄侍御史护其军,事见《燕然军人画像铭序》(《陈子昂集》卷六)。　③ 军幕:军队幕府。次:驻扎。张掖河:在今甘肃西北部。　④ 仙人杖:草药名,可作菜蔬。　⑤ "余家"句:陈子昂《我府君有周居士文林郎陈公墓志铭》中,说他父亲陈元敬隐居山林,服食云母以颐养性情,

观荆玉篇并序

所以说"世好服食"。　⑥饵:吃。　⑦息意:断念。兹味:指仙人杖。　⑧荐:献。　⑨辴(chǎn)尔:喜笑颜开的样子。　⑩此君:指仙人杖。　⑪扶:助。　⑫昌言:美言。　⑬王仲烈:名无竞,官至监察御史、太子舍人,后坐贬卒。《旧唐书》《新唐书》均有传。　⑭行人:过路人。知药:识草药。　⑮白棘:即酸枣。　⑯"谓宋"句:《阙子》载,宋国有一愚人得到一块燕石,当成宝玉珍藏(见《艺文类聚·地部》引)。乔知之用这个故事来讽刺陈子昂把酸枣当成仙人杖。珉(mín):美石。　⑰独见:一个人的见解。　⑱被夺:指遭众人反对。　⑲二子:指乔知之、王仲烈。　⑳《采玉咏》:即乔知之所作《采玉篇》。　㉑鸱(chī)夷:皮口袋,外形做成像猫头鹰模样。　㉒淄:已见《感遇》其三十三注。磷(lín):薄,损伤。　㉓丹青:丹砂和石青,两种颜料。　㉔殊伦:不同类别。　㉕工言子:善于言辞的人。　㉖荆国人:即指楚人卞和。

翻译

丙戌这一年,我跟随左补阙乔公知之北征匈奴。初夏四月,军队幕府驻扎在张掖河。河滩的草木没有很特别的,只有一种仙人杖草往往一丛丛生长。幽州北方地气寒冷,与中原地区有点不一样。我们陈家世代喜好吃药养生,过去我曾经吃过这种草药。直到这次北征时,才不打算吃它。戍守的兵士有献来鲜美菜蔬的,这个仙人杖就在其中。我不禁开心地笑着说:"当初与这位先生相别,没想到在这儿却又见到了它。难道不是神明的恩赐?将要帮助我延年益寿呀。"因而便给乔公用好话介绍了它的功效。当时,东莱人王仲烈也同在军中,听说之后大为高兴,甘心情愿地服食它,已经有十五天了。恰巧这时有个过路人,自称能识别草药的,对乔公说:"这是白棘呀,大人您怎么这样糊涂啊!"王仲烈吃惊而怀疑,也说:"我奇怪它的味道甜,如今果然是这样。"乔公相信了这番话,就讥讽我,作了《采玉篇》一诗,说宋国人不识玉而把文石当作宝贝。我心里知道这一定是仙人杖,但还是因为只是我个人见识的缘故,被众人所反对,于是我慨然叹息说:"唉哟!人最为分明的是眼,心最可相信的是口。眼照见五色,口分别五味,黑与黄,甜和苦,又是多么分辨得清楚而不会迷惑呀。可是,路边人一议论,乔、王二位便产生疑惑,何况是君臣之际、朋友之间!从这件事来看,那么万物的情理也是可以想见的。"我有感于乔公的《采玉咏》,作此《观玉篇》来回答他,并把它拿给王仲烈看,讽刺他的失真。

　　鸱夷皮口袋里面有一双白玉,
　　这白玉表面有一点斑点疵痕。
　　倘若把它挂出来标价一千金,
　　世上没有人理解它价实货真。
　　朱砂丹青都不是特别的颜色,
　　人们的看法却有明显的重轻。
　　千万别信那巧言滑舌的小人,
　　我只为贞士卞和的遭际悲愤。

修竹篇 并序①

此篇是陈子昂诗歌理论的集中体现。序文抨击晋宋以来诗歌的形式主义弊病,所谓"文章道弊五百年矣!"提倡"风雅"、"兴寄",继承"汉魏风骨",要求诗歌反映社会内容,同时又强调诗歌的思想内容与艺术形式必须统一。它以复古求创新,向来被誉为是唐代诗歌革新的先声。

① 修竹篇:《唐文粹》题作《与东方左史虬修竹篇并序》。

东方公足下①:文章道弊五百年矣②!汉魏风骨③,晋宋莫传,然而文献有可征者④。仆尝暇时观齐、梁间诗,彩丽竞繁⑤,而兴寄都绝⑥,每以永叹。思古人常恐逶迤颓靡⑦,风雅不作⑧,以耿耿也⑨。一昨于解三处见明公《咏孤桐篇》⑩,骨气端翔⑪,音情顿挫⑫,光英朗练⑬,有金石声⑭。遂用洗心饰视⑮,发挥幽郁⑯。不图正始之音⑰,复睹于兹,可使建安作者相视而笑。解君云:"张茂先⑱、何敬祖⑲,东方生与其比肩。"仆亦以为知言也。故感叹雅制⑳,作《修竹诗》一篇。当有知音,以传示之。

龙种生南岳㉑,孤翠郁亭亭㉒。峰岭上崇崒㉓,烟雨下微冥㉔。夜闻鼯鼠叫㉕,昼聒泉壑声㉖。春风正淡荡,白露已清泠。哀响激金奏㉗,密色滋玉英㉘。岁寒霜雪苦,含彩独青青。岂不厌凝冽㉙?羞比春木荣。春木有荣歇㉚,此节无凋零㉛。始愿与金石,终古保坚贞。不意伶伦子㉜,吹之学凤鸣。遂偶云和瑟㉝,张乐奏天庭㉞。妙曲方千变,《箫韶》亦九成㉟。信蒙雕斫美,常愿事仙灵。驱驰翠虬驾㊱,伊郁紫鸾笙㊲。结交嬴台女㊳,吟弄《升天行》㊴。携手登白日,远游戏赤城㊵。低昂玄鹤舞㊶,断续彩云生。永随众仙去,三山游玉京㊷。

---

① 东方公:东方虬,武则天时任左史,事见《新唐书·宋之问传》。足下:敬称对方。　② 弊:败坏。五百年:指魏晋以下,至陈子昂时期,此举其成数而言。　③ 汉魏风骨:指"建安风骨",是东汉献帝建安时期的文章风格,所谓"志深而笔长,梗概而多气"(《文心雕龙·时序》),代表人物为曹氏父子及建安七子。　④ 征:证明。　⑤ 彩丽竞繁:指堆砌华丽的词藻和典故。　⑥ 兴:指诗歌的比兴手法。寄:指诗歌要有思想寄托。　⑦ 逶迤:这里形容诗歌优良传统逐渐衰落下去。　⑧ 风雅:原指《诗经》中《国风》《大雅》《小雅》,后即标举风

雅为诗歌创作的榜样。　⑨耿耿：烦躁不安的样子。　⑩一昨：昨日。解三：姓解，排行第三，名不详。明公：敬称东方虬。　⑪骨气端翔：指文章内容充实，气势飞动。　⑫音情顿挫：指文章声情抑扬顿挫。　⑬光英朗练：指作品的文采光灿华美，修辞明快精粹。　⑭金石声：《世说新语·文学》载，东晋孙绰作《天台山赋》，拿给人看，并自夸说："卿试掷地，要作金石声。"后来以"金石声"形容文章充实有力、音韵铿锵。　⑮饰视：擦亮眼睛，引申为增多见识。　⑯幽郁：指深微沉郁的思想。　⑰正始之音：指三国曹魏正始时期继承建安文学优良传统的诗文，代表人物是嵇康和阮籍。　⑱张茂先：西晋诗人张华，字茂先。　⑲何敬祖：西晋诗人何劭，字敬祖。　⑳雅制：指《咏孤桐篇》。　㉑龙种：这里指品质优良的竹子。南岳：衡山，盛产竹子。　㉒孤翠：即指孤竹。郁：茂盛的样子。　㉓崒（zú）：形容高峻。　㉔微冥：形容幽暗。　㉕鼯（wú）鼠：俗称飞鼠，别名夷由，形似蝙蝠。　㉖聒（guō）：声多乱耳。　㉗哀响：指风声凄厉。金奏：形容风吹竹林如击钟奏乐。　㉘密色：深色，这里指严冬时节深绿色的竹子。玉英：指洁白的霜雪。　㉙厌：饱尝。　㉚荣歇：茂盛与衰败。　㉛此节：指修竹的坚贞。　㉜伶伦：传说是黄帝的乐师。子：这里是尊称，等于说"夫子"。据载，黄帝命乐师伶伦，取昆仑山之竹做成洞箫，模仿凤凰的鸣叫声制定了十二音律。　㉝偶：配合。云和：古地名，以制造琴瑟著名。　㉞张乐：设乐。　㉟《箫韶》：传说中舜时的音乐名。九成：或称"九变""九奏"，全部音乐由九支乐曲组成，每奏一曲，变调一次。　㊱翠虬：青龙。　㊲伊郁：愤懑忧烦。鸾（luán）：凤凰的一种。　㊳嬴台女：《列仙传》卷上载，萧史善吹箫，秦穆公的女儿弄玉于是嫁给了他,跟他学吹箫,引来了凤凰,秦穆公为他们造了一座凤台,后来夫妇都随凡凰飞去。秦国嬴姓。所以称凤台为嬴台。　㊴《升天行》:乐府曲名。　㊵赤城:山名,在今浙江天台北,是道教三十六洞天之一。　㊶玄鹤舞:《韩非子·十过》载,师旷鼓琴,玄鹤翔集,列队起舞,和乐而鸣。玄鹤,黑鹤。　㊷三山:指蓬莱、方丈、瀛洲,传说中的三座仙山。玉京:道教天帝所居之都。

翻译

　　东方公足下:文章之道的败坏已有五百年了!汉魏文章的风骨,晋宋没有人能继承下来,然而文献中有可以作为证明的。我曾在闲暇的时候看齐、梁间的诗,辞藻华丽,越来越繁靡,而比兴寄托都没有了,每每因而长叹。我想古人常常恐怕文章逐渐衰落颓废下去,风雅传统不振兴,因此心中不安。昨天在解三那儿看见您的《咏孤桐篇》,骨气端正飞动,情韵抑扬顿挫,光灿华美,明朗纯净,有金石之声。于是用它来洗涤心灵,擦亮眼睛,抒发内心的深沉忧郁。没有想到正始文学之音,重新在这里看到了,可以使建安文学的作者相视而笑。解君说:"张茂先、何敬祖,东方君可跟他们并肩。"我也认为是有识见的话。因为感叹大作,写了《修竹诗》一篇。世上当有知音,可拿这来传给他们看。

　　龙种生长在南岳衡山,
　　孤傲的翠竹茂盛高耸。

上面是峰岭高峻挺拔,
下面有烟雨幽暗曚昽。
夜里听到飞鼠的叫唤,
白天乱耳有山泉淙淙。
春日和风正舒缓荡漾,
洁白露水已清凉晶莹。
哀厉声响如击钟鸣奏,
深密色泽被霜雪滋润。
岁寒天冷草木苦霜雪,
修竹的光彩犹自青青。
难道不饱尝凝冻凛冽?
羞与春天的树木争荣。
春天的树木有盛有衰,
它的节梗却从不凋零。
初衷本愿与金石同类,
永远保持本性的坚贞。
没曾想会有伶伦先生,
吹奏它学那凤凰之声。
于是与云和之瑟配合,
设乐合奏在九天之庭。
美妙乐曲正千变万化,
《箫韶》一曲也九奏而终。

确实靠的是雕刻精美,
愿意经常地侍奉仙灵。
驱驰着青龙车驾驰骋,
紫鸾笙抒发幽怨愤懑。
跟嬴台仙女结识交往,
《升天行》一曲共奏齐吟。
手拉手儿直登上太阳,
远游嬉戏又同到赤城。
乐声中玄鹤翩翩起舞,
五彩云断续弥布天空。
永远地追随众仙而去,
游历三山到仙都玉京。

白帝城怀古[①]

这首怀古诗描绘白帝城周围的景色,抚今追昔,抒发作者爱国情怀以及旅途感慨。当作于调露元年(679)诗人初次出蜀入京途中。元方回《瀛奎律髓》卷三誉为"唐人律诗之祖"。

① 白帝城:遗址在重庆奉节东白帝山,东汉初公孙述所筑。

日落沧江晚[①],停桡问土风[②]。
城临巴子国[③],台没汉王宫[④]。
荒服仍周甸[⑤],深山尚禹功[⑥]。
岩悬青壁断,地险碧流通。
古木生云际,归帆出雾中。
川途去无限,客思坐何穷[⑦]。

---

① 沧江:泛指江水。 ② 桡(náo):船桨。停桡:指停船。土风:当地的风土人情。 ③ 巴子国:周时的巴国,位于今四川东部、重庆一带。《华阳国志·巴志》载,周武王伐纣,得到古巴国、蜀国的支持,因此在灭商后,封巴君为子爵。 ④ 汉王宫:指永安宫,在白帝城

西。三国时蜀主刘备为吴将陆逊所败,退守白帝城,后卒于永安宫。　⑤荒服:周代诸侯国以亲疏分为五等,称"五服",第五等为"荒服",古代西戎北狄诸侯均为荒服之国。周甸:周代甸服之国。甸服是五服中第一等,凡周京畿地区诸侯国为甸服之国。这里意指周代的领域。　⑥尚:崇尚。禹功:古代传说夏禹疏凿了巴东三峡。　⑦坐:因为。

翻译

夕阳隐没苍苍江水,天色已晚,
客船停泊,探问当地乡俗土风。
城楼面临着古代的子爵巴国,
高台乃是那湮没的蜀汉王宫。
这荒远地区仍属周朝的领域,
深山里至今推崇大禹的丰功。
山岩陡峭好像青青墙壁中断,
地势险峻下临清碧江水流通。
高大的古树挺立在白云边上,
归来的船帆出现在濛濛雾中。
水行的旅途一去便无限遥远,
旅客的愁思因而更无尽无穷。

度荆门望楚①

这首诗描写自蜀入楚的沿江风光,平淡简远,笔调清新,末尾即景抒发豪情。

① 荆门:山名,在湖北宜都西北长江西南岸,被称为楚之西塞。

遥遥去巫峡①,望望下章台②。
巴国山川尽③,荆门烟雾开。
城分苍野外, 树断白云隈④。
今日狂歌客⑤,谁知入楚来。

---

① 巫峡:长江三峡之一,在湖北巴东县西,与重庆巫山县接界,因巫山而得名。 ② 望望:一再瞻望。章台:即章华台,在今湖北潜江市西南。 ③ 巴国:即巴子国,已见《白帝城怀古》注,这里泛称蜀地。 ④ 隈(wēi):曲深之处。 ⑤ 狂歌客:即楚狂接舆,已见《感遇》其三十八注,这里是作者自况。

翻译

远远地远远地离了巫峡,

一再瞻望着走下章华台。
过尽了巴国的山山水水,
荆门在濛濛烟雾中敞开。
城邑分布在苍茫田野外,
树林在白云深处被截断。
今天我狂傲高歌的行客,
谁知竟会走进楚天中来。

岘山怀古①

　　这首诗为陈子昂出蜀入京,途中登览襄阳岘山所作,诗人访寻古迹,凭吊先贤,缅怀羊祜、诸葛亮昔日的辉煌业绩,表达其建功立业的抱负。

① 岘(xiàn)山:一名岘首山,在湖北襄阳市南。

秣马临荒甸①,登高览旧都②。
犹悲堕泪碣③,尚想卧龙图④。
城邑遥分楚,　山川半入吴。
丘陵徒自出,　贤圣几凋枯。
野树苍烟断,　津楼晚气孤⑤。
谁知万里客⑥,怀古正踟蹰⑦。

---

① 秣(mò)马:喂马。荒甸:远郊,参见《白帝城怀古》注。　② 旧都:这里指襄阳城,即今襄阳市。　③ 堕泪碣(jiē):晋时羊祜(hù)守襄阳常登岘山饮酒作诗,有"江山如旧,人生苦短"之叹,死后襄阳百姓为他建碑立庙,游客见碑,无不落泪,故杜预给它起名"堕泪碑"。事见《晋书·羊祜传》。碣,圆形的碑。　④ 卧龙图:即指卧龙先生诸葛亮隐居襄阳时对刘备提出的"隆中对"。事见《三国志·诸葛亮

传》。图,谋划。　⑤津楼:渡口的亭楼。　⑥万里客:行人,作者自称。　⑦踟蹰(chí chú):来回走动,犹豫不行。

翻译

喂饱马儿来到城郊野外,
登上高处眺望古城襄阳。
仍因堕泪碑而感到悲伤,
又想起孔明的宏伟政纲。
城邑从这里远分为楚国,
山川一半入吴到了江东。
丘陵在平原上陡然显现,
圣人贤人几乎凋亡一空。
田野树木断于苍茫烟雾,
渡口亭楼在晚气中孤耸。
有谁知道我这万里行客,
缅怀古昔正在犹疑彷徨。

晚次乐乡县[①]

这首诗也是陈子昂初次离开四川路过楚地时所作,叙写他乡景物和旅途感受。

[①] 次:止宿。乐乡县:今湖北钟祥市西北。

故乡杳无际, 日暮且孤征[①]。
川原迷旧国[②],道路入边城[③]。
野戍荒烟断[④],深山古木平。
如何此时恨? 嗷嗷夜猿鸣[⑤]。

[①] 孤征:独自赶路。 [②] 旧国:故乡。 [③] 边城:这里指乐乡县。
[④] 野戍:野外驻防的营垒。 [⑤] 嗷嗷(jiào):猿啼声。

翻译

家乡已经遥远望不见踪影,
在苍茫暮色里我独自行走。
江河平原使我迷失了故土,

道路已经进入了边防城守。
郊野营垒里荒凉炊烟断绝,
深深山岭上古树伐尽无留。
怎样形容我此时心中憾恨?
夜里猿猴嗷嗷地哀鸣不休。

西还至散关答乔补阙知之①

这首诗作于天授二年(691)陈子昂因继母去世解官从洛阳返回四川射洪故里。诗人回忆当年从乔知之北征结下的深厚友谊,充满了对故人的惜别之情,同时也流露出对朝廷轻视边功的不满。

① 散(sǎn)关:即大散关,又称崤谷,在陕西宝鸡市西南大散岭上,是秦蜀交通的要道。乔补阙知之:已见《观荆玉篇》注。

葳蕤苍梧凤①,嘹唳白露蝉②。羽翰本非匹③,结交何独全④。昔君事胡马,余得奉戎旃。携手向沙塞,关河缅幽燕⑤。芳岁几阳止⑥,白日屡徂迁⑦。功业云台薄⑧,平生玉珮捐⑨。叹此南归日,犹闻北戍边⑩。代水不可涉⑪,巴江亦潺湲⑫。揽衣度函谷⑬,衔涕望秦川⑭。蜀门自兹始,云山方浩然⑮。

① 葳蕤:已见《感遇》其二十三注。苍梧:山名,在湖南宁远县南。
② 嘹唳(lì):形容声音响亮凄清。 ③ 羽翰:羽毛,指翅膀,喻才能。

匹:比。　④ 全:始终不渝。　⑤ "昔君"四句:追叙垂拱二年(686)诗人从乔知之北征事。已见《观荆玉篇》注。戎旃(zhān):军旗。幽燕:已见《感遇》其三十四注。　⑥ 芳岁:年华。几阳止:等于说"几年"。古代以十月为阳,武周时行周正,以十月为岁末。"止"是助词。　⑦ 徂(cú):往。　⑧ 云台:汉代官殿名,喻指朝廷。薄:轻视。　⑨ 玉珮:古代官服的佩饰,喻做官。捐:弃。　⑩ "犹闻"句:陈子昂《为乔补阙论突厥表》云,同罗、仆固败散之后,朝廷在同城权置安北都护府以招纳降者。北戍边:大概这时乔知之仍旧留驻在同城。　⑪ 代:古代国名,在今河北蔚县一带。代水:泛指北方河流。⑫ 潺湲(chán yuán):水流动的样子。　⑬ 函谷:函谷关,在河南灵宝市西南。　⑭ 秦川:指陕西关中一带,是京城朝廷所在地。⑮ 浩然:广大壮阔貌。

翻译

苍梧山的凤凰羽毛光鲜,
白露时节寒蝉鸣声凄厉。
羽毛光鲜我本不能相比,
交情何幸独能始终不移。
当年您从军远征去北方,
我也有缘侍奉在军麾前。
手拉着手奔向沙漠边塞,
越过关塞山河远赴幽燕。

西还至散关答乔补阙知之

美好岁月已过去多少年,
太阳一再地降落又升起。
您的功绩在朝廷被轻视,
我这一生官职也已抛弃。
叹息在这回南方的日子,
仍听您戍守北边的消息。
北方的河流啊无法横渡,
巴蜀的江水也长流不息。
我挽起衣裳渡过函谷关,
含泪回望那片秦川大地。
蜀国的门户从这里开始,
高山云缭绕正旷远迷离。

蓟丘览古赠卢居士藏用七首并序①

  这组诗作于神功元年(697)。当时建安王武攸宜讨契丹,陈子昂为随军参军。他多次进言俱遭排斥,遂登蓟丘览古,赋诗寄好友卢藏用。这组诗体现了诗人对盛世的向往、对古贤丰功伟业的追慕,同时抒发其生不逢时、壮志未酬的感慨。

① 蓟(jì)丘:旧址在北京市德胜门外。卢藏用:字子潜,早年隐居终南山,故称"居士",武则天时累官工部侍郎、尚书右丞,玄宗时流放岭南,卒。他是陈子昂的好友,陈子昂死后,卢藏用代为抚养他的后代,还为他编纂文集,撰写了《陈氏别传》。《旧唐书》《新唐书》均有传。

  丁酉岁①,吾北征②。出自蓟门③,历观燕之旧都④,其城池霸迹已芜没矣。乃慨然仰叹,忆昔乐生、邹子群贤之游盛矣⑤。因登蓟丘,作七诗以志之,寄终南卢居士。亦有轩辕遗迹也⑥。

① 丁酉:武则天神功元年(697)。　② 北征:《资治通鉴》卷二〇五载,万岁通天元年(696)建安王武攸宜讨契丹,陈子昂以右拾遗参谋

军事。　③蓟门:即蓟丘。　④燕之旧都:蓟是古代燕国都城,故址在北京市西南。　⑤乐生:指乐毅。邹子:指邹衍。详后《燕昭王》注。　⑥轩辕:黄帝之号。

翻译

　　丁酉这一年,我从行北征契丹。从蓟门出,遍览燕国的旧都城,它的城池、霸业已经荒废了。于是感慨而仰天叹息,回忆起当年乐毅、邹衍众位贤士在燕国的游从可称很盛了。于是登上蓟丘,作了七首诗来表达这种感想,寄给终南山的卢藏用居士。这里也有黄帝的遗迹存在。

轩辕台

　　此篇凭吊轩辕古台,感叹自己生不逢时,不见至道之治,于是产生了追踪古人、寻访神仙的出世之念。

北登蓟丘望,　求古轩辕台①。
应龙已不见②,牧马空黄埃③。
尚想广成子④,遗迹白云隈⑤。

---

①轩辕台:相传为黄帝所居,遗址在河北涿鹿县西南。　②应

(yìng)龙:有翼之龙,相传是黄帝的臣子,受命杀了蚩尤。见《山海经·大荒西经》。 ③"牧马"句:《庄子·徐无鬼》载,黄帝要去具茨山朝见大隗神,在襄城郊外迷了路,于是向一个牧马童子打听,牧童讲了一番治天下的道理,黄帝便称善而返。 ④广成子:神仙名,一说为老子别号。《庄子·在宥》载,广成子住崆峒之山,黄帝曾经向他问道。 ⑤隈:已见《度荆门望楚》注。

翻译

向北登上蓟丘四下观望,
寻访古代轩辕台的遗址。
勇猛的应龙他已经不见,
牧马的童子也离开尘世。
还思念着那仙人广成子,
白云深处也许留下踪迹。

燕昭王①

此篇凭吊碣石馆、黄金台,缅怀燕昭王礼贤下士、负重雪耻的往事,抒发自己不遇明主的感慨。

① 燕昭王:《史记·燕召公世家》载,燕败于齐,昭王即位后便降低自己的身份,用厚礼招揽贤人,魏国乐毅、齐国邹衍、赵国剧辛等纷纷到了燕国。经过二十八年,国富兵强,终于联合秦、楚、三晋的军队

蓟丘览古赠卢居士藏用七首并序

大败齐国,报仇雪耻。

南登碣石馆①,遥望黄金台②。
丘陵尽乔木, 昭王安在哉?
霸图怅已矣, 驱马复归来。

---

① 碣石馆:相传是燕昭王为邹衍所筑的宫馆,见《史记·孟荀列传》,故址在北京市西南。 ② 黄金台:又称燕台、招贤台,故址在河北易县东南,相传为燕昭王为礼遇郭隗所筑。

翻译

往南登临邹衍居住的碣石宫,
远远眺望郭隗受礼的黄金台。
丘陵上全是成林的参天大树,
招贤纳士的燕昭王啊今何在?
霸业的理想遗憾地成了过去,
我骑着马前往又骑着马回来。

乐生①

此篇赞颂乐毅仗义直行,为兴燕灭齐立下卓著功勋,同时又叹惜其遭谗被疑,不能最后成就功业,寄托着作者壮志难酬的愤慨。

① 乐生:即乐毅,已见《感遇》其十六注。

王道已沦昧,战国竞贪兵。
乐生何感激,仗义下齐城。
雄图竟中夭,遗叹寄阿衡^①。

---

①"雄图"二句:《史记·乐毅列传》载,燕昭王死后,惠王即位,中了齐人反间计,削夺乐毅的兵权,迫使乐毅投奔赵国。阿衡:指商代贤相伊尹,佐商王汤灭夏,被尊为阿衡(宰相),参见《感遇》其二十四注。这里是感叹乐毅不能像伊尹那样最后实现他的抱负。

翻译

仁政王道已经沦没不明,
战国诸侯竞相贪利用兵。
乐毅为此多么感动奋发,
主持正义攻下齐国都城。
宏伟抱负竟然半途而废,
我遗憾叹息地遥念伊尹。

蓟丘览古赠卢居士藏用七首并序

燕太子①

此篇追忆燕太子丹寻求义士刺杀秦王的往事,惋叹其事败而遭杀身之祸。

① 燕太子:战国燕王喜之子,名丹。初在秦国做人质,后逃归,派荆轲谋刺秦始皇,事败后秦攻破燕,燕王喜遂斩丹以献秦。事见《战国策·燕策三》。

秦王日无道, 太子怨亦深。
一闻田光义①,匕首赠千金②。
其事虽不立③,千载为伤心。

---

① 田光:详后《田光先生》注。 ②"匕首"句:《史记·刺客列传》载,燕太子丹以重金购得利匕,涂上毒药,交给荆轲去刺杀秦始皇。 ③ 立:成。

翻译

秦王一天天暴虐无道,
燕太子怨愤也就加深。
一旦听说田光的高义,

便以千金购利匕相赠。

他们的事虽没有成功,

千年来为之黯然伤神。

田光先生[①]

此篇颂赞田光勇于为正义献身,同时责备燕太子多疑,以致田光自杀证明信义。

[①] 田光:燕国处士。燕太子谋刺秦王,太傅鞠武向他推荐了田光,田光又推荐了荆轲。燕丹嘱田光保密,田光感叹太子疑己,又欲激励荆轲,于是自刎而死。事见《史记·刺客列传》。

自古皆有死,徇义良独稀[①]。

奈何燕太子,尚使田生疑?

伏剑诚已矣,感我涕沾衣。

[①] 徇:为达到某种目的而献身。

翻译

自古以来人人都有一死,

蓟丘览古赠卢居士藏用七首并序

只是徇义的人确实少见。
为什么像燕丹太子这样，
还要使田光先生有怀疑？
伏剑而死诚然已成往事，
使我感动落泪沾湿衫衣。

邹子①

此篇赞赏邹衍不愧为燕昭王时代贤明的哲学家,肯定他气度恢宏的九州理论以及对自然与社会规律的探索精神。

① 邹子:邹衍,战国时齐人,倡导阴阳五行学说,周游列国,燕昭王为他造了碣石宫,还拜他为师。见《史记·孟荀列传》。

大运沦三代①，天人罕有窥②。
邹子何寥廓③，谩说九瀛垂④。
兴亡已千载， 今也则无推⑤。

---

① 三代:指夏、商、周。 ② 天人:指自然与社会。窥:观察、探索。 ③ 寥廓:极其广阔。 ④ "谩说"句:指邹衍的九州观念,认为中国称"赤县神州",九州在中国之外,而九州以外是大海。瀛:海。垂:远。 ⑤ 推:推求。

翻译

天道沦没在夏商周以后,
天与人的奥秘很少发现。
邹衍先生气度多么恢宏,
漫说九州之外大海无边。
人事兴亡已经过了千年,
如今就再无从进行推算。

郭隗①

此篇仅四句。明张逊业刊《唐十二家诗》诗末注:"此诗盖缺二句。前皆六句,此独四句,非古体诗故也。"诗人强调时势造英雄,羡慕郭隗得遇明主,叹惋古今仁人志士生不逢时的普遍遭际。

① 郭隗(wěi):燕昭王想招揽天下贤士报齐国之仇,首先为郭隗改建了宫馆,并且像对待老师那样地尊敬他。事见《史记·燕召公世家》。

逢时独为贵,历代非无才。
隗君亦何幸,遂起黄金台①。

① 黄金台:已见《燕昭王》注。

翻译

只有生而逢时最为难得,
每朝每代并非没有人才。
郭隗先生又是多么幸运,
燕昭王为他筑起黄金台。

初入峡苦风寄故乡亲友

这首诗是陈子昂初出蜀时所作。诗中抒写旅途的辛劳以及对刚刚分别的故乡亲友的眷恋。

故乡今日友, 欢会坐应同。
宁知巴峡路①, 辛苦石尤风②?

---

① 巴峡:古称巴郡三峡,在今重庆东北江面,全长九十里。杜甫《闻官军收河南河北》也有"即从巴峡穿巫峡,便下襄阳向洛阳"之句。
② 石尤风:传说石氏女嫁尤郎,郎远行不归,女死后遂化大风阻天下商旅之行。所以称大风、暴风为石尤风。

翻译

我想今天在家乡的亲友们,
正应欢乐聚会同以往一般。
难道能知晓我在巴峡水路,
遭逢石尤风袭击辛苦万端?

答洛阳主人[①]

这首诗抒发了作者为国建功立业的宏伟抱负和宁可归隐也不愿随波逐流的高洁志向。

① 洛阳主人:未详。

平生白云志[①], 早爱赤松游[②]。
事亲恨未立, 从宦此中州[③]。
主人何发问? 旅客非悠悠[④]。
方谒明天子, 清宴奉良筹[⑤]。
再取连城璧[⑥], 三陟平津侯[⑦]。
不然拂衣去, 归从海上鸥[⑧]。
宁随当代子, 倾侧且沉浮[⑨]?

---

① 白云志:喻隐居求仙之志。 ② 赤松:赤松子,传说是神农时雨师。见《列仙传》卷上。 ③ 中州:指京城,诗人此时居东都洛阳任麟台正字。 ④ 旅客:诗人自指。悠悠:这里形容悠闲,消磨岁月。 ⑤ 清宴:同"清晏",清平安闲。 ⑥ 连城璧:指价值连城的和氏璧。《史记·廉颇蔺相如列传》载,秦昭王假说以城池交换和氏璧,蔺相

如奉赵王之命出使,机智勇敢地挫败了秦国的阴谋,使得完璧归赵。 ⑦"三陟(zhì)"句:《史记·平津侯列传》载,汉武帝时公孙弘初为博士,后拜御史大夫,三升为丞相,封平津侯。陟:登。 ⑧海上鸥:这里用海客狎鸥的典故,已见《感遇》其三十注。 ⑨倾侧:偏邪不正。

翻译

平素怀抱归隐求仙的志向,
很早就喜随从赤松子遨游。
我憾恨不能如愿奉养双亲,
在这洛阳做官羁留于职守。
洛阳主人为什么提出疑问?
我这旅客并不是混世之流。
正要去朝见圣明至尊天子,
在陛下闲暇时献良策奇谋。
做第二个完璧归赵的英雄,
也还想连升三级晋爵封侯。
否则我就一拂袖离开这里,
回去与海上鸥鸟自在悠游。
难道能够追随当代那些人,
互相倾轧争夺在宦海沉浮?

酬晖上人秋夜山亭有赠①

这首诗当作于开耀二年(682)中进士之前。诗中写山林秋夜景色明净如画,诗人希望自己的心情也能如景清明,达到晖上人那样的境界。

① 晖上人:僧人,能诗。陈子昂中进士以前便已结识。

皎皎白林秋①,微微翠山静②。
禅居感物变③,独坐开轩屏④。
风泉夜声杂, 月露宵光冷⑤。
多谢忘机人⑥,尘忧未能整⑦。

---

① 皎皎:形容月光明亮。 ② 微微:幽静的样子。 ③ 禅居:禅房,僧人修行的处所。 ④ 轩屏:窗户和门屏。 ⑤ 宵光:夜光。
⑥ 忘机人:赞美晖上人与世无争、忘却巧诈的高洁情怀。
⑦ 整:理。

翻译

月光照耀山林一片秋色,

青翠山峦多么安谧幽静。
身居禅房感受万物变化,
一人独坐不由打开窗门。
风响泉鸣夜声显得嘈杂,
月下的寒露使夜光清冷。
向您忘机的人多多致意,
尘世烦忧愧未清理干净。

酬晖上人秋夜山亭有赠

和陆明府赠将军重出塞①

这首诗颂赞了一位满腹韬略的戍边将军的勇武,鼓励他抵御突厥,安边立功。诗中特别提到这位将军本是位读书人,寄托着诗人的自负。

① 陆明府:姓陆的县令,其人未详。唐代称县令为明府。将军:未详。

忽闻天上将①,关塞重横行②。

始返楼兰国③,还向朔方城④。

黄金装战马, 白羽集神兵⑤。

星月开天阵, 山川列地营⑥。

晚风吹画角⑦,春色耀飞旌。

宁知班定远⑧,犹是一书生。

---

① 天上将:"将军从天而下",语出《汉书·周亚夫传》,形容将领用兵神奇。 ② 横行:比喻所向无敌。 ③ 楼兰国:汉代西域的一个国家,故址在新疆罗布泊西,后改名鄯善。 ④ 还(xuán):迅速。朔方:汉武帝时置郡,故址在今内蒙古杭锦旗西北。 ⑤ 白羽:指白

旄,一种用白旄牛尾装饰竿顶的旗。　⑥"星月"二句:赞美这位将军精通兵法,能够根据天象以及地形布置阵营。古代兵法有天、地、人三阵之说,见《六韬·虎韬三阵》。　⑦画角:古代军中号角。　⑧班定远:东汉班超,本是书生,明帝时投笔从戎,出使西域,留滞三十一年,使西域五十多国归属汉朝,以功封定远侯。《后汉书》有传。

翻译

忽听得天上降下将军,
在边塞再次纵横驰骋。
刚刚从楼兰之国归来,
马上又奔向朔方边城。
战马披挂上黄金铠甲,
白羽旗下召集了神兵。
按星月分布摆开天阵,
据山川形势排列地营。
晚风吹来军中的号角,
春光耀眼军旗在飞动。
哪里知道定远侯班超,
他原来还是一介书生。

送魏大从军①

　　这首诗送友人出征,赞扬他的爱国热忱,鼓励他杀敌立功。

① 魏大:姓魏,排行老大,其人未详。

匈奴犹未灭,　魏绛复从戎①。
怅别三河道②,　言追六郡雄③。
雁山横代北④,　狐塞接云中⑤。
勿使燕然上,　独有汉臣功⑥。

---

①"匈奴"二句:《史记·骠骑列传》载,霍去病曾经对汉武帝说过"匈奴未灭,无以为家",这里即化用其语。匈奴:指突厥。魏绛:即魏庄子,春秋时晋国大夫,辅佐晋悼公,八年之中九合诸侯,复兴霸业,死后谥庄子。事见《左传》襄公四年、十一年等。这里用来指代魏大。② 三河:指汉代河内、河南、河东三郡,故地在河南洛阳黄河南北一带。　③ 言:发语词。六郡:汉代指天水、陇西、安定、北地、上郡、西河,名将多出其地,见《汉书·地理志》。故地在甘肃、陕西、内蒙古一带。　④ 雁山:指雁门山,在山西代县西北,是山西三关之一。代北:唐代方镇名,治所在今山西代县。　⑤ 狐塞:原作"孤塞",据明

张逊业《唐十二家诗》改。指飞狐岭,在河北蔚县东南。云中:郡名,已见《感遇》其三十七注。　⑥"勿使"二句:《后汉书·和帝纪》载,东汉和帝永元元年(89)车骑将军窦宪大破北匈奴,登燕然山,刻石勒功而还。燕然:即今杭爱山,在蒙古人民共和国境内。"独有"句:明张逊业《唐十二家诗》作"惟留汉将功"。

翻译

匈奴还未全部消灭,
魏绛再次从军出征。
怅然告别三河古道,
追踪六郡将才雄风。
雁山横亘代北之地,
飞狐之口连接云中。
不要使得燕然山上,
刻碑独载汉将丰功。

送殷大人蜀①

这首诗送友人去四川,思念故乡,一往情深。

① 殷大:姓殷,排行老大,其人未详。

蜀山金碧地①,此地饶英灵②。
送君一为别, 凄断故乡情③。
片云生极浦, 斜日隐离亭④。
坐看征骑没⑤,唯见远山青。

---

① 金碧:相传古时四川有金马、碧鸡之神。见《汉书·郊祀志》。
② 饶:富有。英灵:杰出人才。　③ 凄断:形容凄婉之极。　④ 离亭:古时路旁驿亭,是饯别的场所。　⑤ 征骑:远行的马。

翻译

蜀山上有金马碧鸡神仙,
这块土地人才辈出迭现。
送您远行就此分手离别,

思念故乡之情哀婉凄绝。
一片孤云生在遥远水边，
斜阳西下隐没离亭后面。
空自目送马儿远行不见，
只有远山青青遮断视线。

送客

这首诗送友人归楚。诗中想象楚地旖旎风光,笔调清新淡远,情深意长。

故人洞庭去,　杨柳春风生。
相送河洲晚,　苍茫别思盈。
白蘋已堪把①,　绿芷复含荣②。
江南多桂树,　归客赠生平。

① 白蘋:一种水草。堪把:已能满握。　② 芷(zhǐ):一种香草。荣:开花。

翻译

老友要到洞庭湖去,
杨柳在春风中舒展。
送到河边天色已晚,
暮色苍茫离情满怀。
想那白蘋已够一握,

绿芷又在含苞欲绽。
江南之地多生桂树,
可赠归客保持永远。

春夜别友人二首

其一

这首诗描写作者第一次离开家乡赴东都洛阳告别宴会上的场景,充满了对朋友的依依惜别之情。

银烛吐青烟①,金樽对绮筵②。
离堂思琴瑟③,别路绕山川。
明月隐高树, 长河没晓天④。
悠悠洛阳道, 此会在何年?

---

① 银烛:形容明烛。 ② 绮筵(qǐ yán):华美的酒席。 ③ 离堂:饯别的处所。琴瑟:琴瑟之音谐和,比喻朋友之间情谊融洽。 ④ "明月"二句:说明这场春宴从头一天晚上一直持续到第二天清晨。长河:指银河。

翻译

明烛已灭吐着袅袅青烟,

黄金酒杯对着盛筵美宴。
离堂上思念琴瑟般友情，
分别后的旅途山川蜿蜒。
明月隐藏在高大的树后，
银河已消失在曙色里面。
前往洛阳道路漫长遥远，
这样的聚会哪年才再见？

其二

这首诗同样作于告别宴会，诗人向友人坦露心声，倾吐其为国建功立业的宏愿。

紫塞白云断①，青春明月初②。

对此芳樽夜，　离忧怅有余。

清泠花露满，　滴沥檐宇虚③。

怀君欲何赠？　愿上大臣书④。

---

① 紫塞：原指长城，其土紫色。这里是泛指北方边塞。　② 青春：春天。　③ 滴沥(lì)：形容滴水。　④ 大臣书：《汉书·东方朔传》载，汉武帝即位，征求天下才士，东方朔便上书自荐，自称可以当"天子大臣"。诗人在光宅元年(684)以布衣身份，诣阙进上《谏灵驾入

京书》与《谏政理书》,可谓上了"大臣书"。

翻译

紫色边塞隔断白云,
春天时节明月初升。
面对如此美酒良辰,
遭逢别离惆怅满胸。
花瓣挂满清凉露珠,
檐边滴尽水珠叮咚。
思君念君想赠什么?
献书论政是我初衷。

登幽州台歌①

  神功元年(697)诗人从军东征契丹,登蓟丘览古赋诗七首之后,又唱出这首歌。诗中缅怀昔贤,瞻顾未来,慨叹天地无穷,人生有限。诗人在理想与现实的矛盾中痛苦地彷徨,体现出一种深沉的孤独和悲哀,赢得古时候许多穷塞困顿的才志之士的共鸣,传为千古绝唱。

① 幽州台:即蓟丘,已见《蓟丘览古赠卢居士藏用》注。

前不见古人, 后不见来者。
念天地之悠悠,独怆然而涕下①。

① 怆(chuàng)然:悲伤的样子。

翻译

  前面望不见古代的人,
  后面看不到未来的人。
  想到天地的久远,
  独自悲怆而泪下。

文

薛大夫山亭宴序①

此篇为作者与友人会于薛大夫山亭,饮酒赋诗所作之诗序。首写薛大夫的品德、才华,提到自己曾受其人青睐;次写山亭清幽景物,以及宴游之乐;末慨叹人事无常。文章内容在一定程度上受到晋王羲之《兰亭序》的影响。当作于在长安为官时。

① 薛大夫:名不详。唐有谏议大夫、御史大夫,就文中"哀鹡鸠之久没"之句推测,其人曾官御史大夫。详后注。

夫贫贱之交而不可忘,珠玉满堂而不足贵;闭门无事,对黄卷以终年;高论不疲,逢故人而永夜,薛大夫其人也①。下官昔承颜色,早蒙车骑之知;晚接恩光,不异平津之旧②。蔡邕书史,许以相资;张载文章,见称于代③。

尔其华堂别业,秀木清泉,去朝廷而不遥,与江湖而自远④。名流不杂,既入芙蓉之池;君子有邻,还得芝兰之室⑤。披翠微而列坐,左对青山;俯盘石而开襟⑥,右临澄水。斟绿酒,弄清弦,索皓月而按歌,追凉风而解带。谈高趣逸,体静心闲；神眇眇而临云，思飘飘而遇物⑦。林轩寂寞，星汉纵横，思欲垂汗漫而群游，与真精而合契⑧。欢穷兴洽，乐往悲来，怅鸾鹤之不存，哀鹓鸠之久没⑨。徘徊永叹，慷慨长怀。东方明而毕昴升⑩，北阁曙而天云静。悲夫！向之所得，已失于无何；今之所游，伤羁于有物⑪。诗言志也，可得闻乎？

---

① "夫贫贱"以下七句：颂扬薛大夫的为人。黄卷：即书籍。古代用黄檗染纸防蠹，书写完之后装帧成卷轴。　②"下官"以下四句：写作者曾获薛大夫的器重和恩惠。下官：作者谦称。车骑之知：《史记·苏秦列传》载，苏秦过洛阳，各诸侯纷纷派使者送给他很多的车骑辎重。平津之旧：汉平津侯公孙弘，平时自己只吃脱粟之饭，俸禄都用来供养故人宾客，家无余财。《史记》有传。　③"蔡邕"以下四句：赞誉薛大夫的才华。蔡邕：东汉著名文学家，尤长于经学、史学，《后汉书》有传。资：助，指蔡邕看重王粲的才华，许以家藏典籍相赠。张载：晋代文学家，其《剑阁铭》《濛汜赋》尤为世所传诵，《晋书》有传。代：唐代避太宗李世民讳，改世为代。　④"尔其"以下四句：赞美山亭。尔其：发语词，无义。别业：贵族本宅以外建于园林中的居处。江湖：喻指隐士游息处，与"朝廷"相对。　⑤"名流"以下四句：称赞出入山亭的人都是知名之士和有德行的人。芙蓉之池：魏曹植有《芙蓉池诗》，今存四句："逍遥芙蓉池，翩翩戏轻舟。南杨双

栖鹤,北柳有鸣鸠。"当系与建安文士游宴时所作。君子有邻:语出《论语·里仁》"德不孤,必有邻"。芝兰之室:语出《孔子家语·六本》"与善人居,如入芝兰之室,久而不闻其香,即与之化矣"。　⑥ 盘:通"磐"。　⑦ "神眇眇"二句:写精神愉快,思绪奔放。眇眇(miǎo):高远。云:五色之云,泛指风气日月星辰。物:指天象云气之色。《周礼·春官保章氏》载"以五云之物辨吉凶水旱"。云、物,本为一词。　⑧ "思欲"二句:写宴会高潮时的精神境界。垂:此字费解,似为追随之意。汗漫:《淮南子·道应》:"吾与汗漫期于九垓之外,吾不可以久驻。"后世用为仙人的别称。真精:唐贾曾《庆云抱日赋》用为太阳的代词,这里似指大自然。　⑨ "怅鸾鹤"二句:涵义较晦,是说薛大夫已殁,还是就前文芙蓉池发挥,不明。鸾鹤:旧说仙人驾鸾骖鹤。鹴(shuāng)鸠:即爽鸠,相传上古少暤以鸟名官,置爽鸠为司寇,典掌刑狱,见《左传》昭公十七年。晋陆机《齐讴行》有"爽鸠苟已徂,吾子安得停"之句(《文选》卷二八)。　⑩ 毕昴(mǎo):都是星宿名。　⑪ "伤羁"句:古代认为物我两忘,是修养的最高境界,这里是因山亭宴集而引起悲欢之感,仍不能忘情于物,所以说"伤"。有:助词,无义。

翻译

　　说到不遗忘贫贱时结交的朋友,不看重满厅堂的珍珠宝玉;闲居无事时,整年累月闭门读书;遇到旧友时,高谈阔论通宵达旦,薛大夫就是这样的人了。我早年曾经拜谒,已经受到优厚的

薛大夫山亭宴序

迎送接待；后来得以追随，更得到像平津侯对待老相识一般地照顾。如同蔡邕的书史典籍，曾许我以相助；媲美张载的优雅文章，广泛传诵人口。

他别墅中的山亭，有葱茏的树木、清澈的泉水，距离朝廷虽然并不遥远，却同江河湖海一样具备自然远趣。来到山亭的人，都是知名之士；因主人的熏陶，全成有德君子。分开轻淡的山岚序次而坐，左面是青葱的山岭；俯视巨大的磐石敞开衣襟，右面是澄净的流水。斟满绿色的美酒，弹奏清雅的琴瑟，追着明月依拍歌唱，迎着清风解带舒怀。议论高雅情趣脱俗，形体安宁内心舒畅；精神恍恍惚惚仿佛腾云驾雾，思绪飘飘扬扬似乎接遇日月光辉。周围森林轩亭寂寞无声，天空星星银河交织灿烂，简直想追随仙人一起周天漫游，和整个大自然合而为一。欢娱已极兴会融洽，快乐过后悲伤袭来，怅恨仙人驾驭的鸾鹤并不存在，哀伤搏击邪恶的鹓鸠早已逝去。低回往复地不停叹息，情绪激昂地长久思念。东方已经黎明，毕星、昴星升起，北阁开始明亮，天空云彩静止。可悲啊！以前得以会心的，已经消失得无影无踪；如今所游历的，可惜仍旧受到外物束缚。诗歌是表达内心意志的，请把感受写出来吧！

上军国利害事·人机

武则天垂拱元年(685),陈子昂居洛阳,守麟台正字。这一年十一月十六日,武则天召见他,赐笔砚,命其条陈天下利害,于是陈子昂便上《上军国利害事》三条(见本集卷八),《人机》为其中第三条。事见《资治通鉴》卷二〇三及《新唐书》本传。

《人机》即《民机》(唐避太宗李世民讳改民为人),意为统治百姓的关键。文章集中表达了陈子昂政治主张中很重要的"息兵"观点。文章阐述百姓安定与否,直接关系到国家治乱;穷兵黩武、劳役频仍,必然导致民不聊生、国家灭亡。同时尖锐地指出当时由于战争和自然灾害,全国广大地区百姓已经辗转流离,不堪负担,如果不及时息兵安民,隋朝的灭亡即为前车之鉴。由于是奏议,不可避免地有大量颂圣的内容,但通篇议论直言无隐,切中时弊,反映了作者敏锐的观察力以及对人民疾苦的关心,很难能可贵。

臣闻天下有危机①,祸福因之而生。 机静则有福,机动则有祸,天下百姓是也。

夫百姓安则乐其生,不安则轻其死,轻其死则无所不至也。故曰：人不可使穷②，穷之则奸宄生③；人不可数动④，动之则灾变起。奸宄不息，灾变日兴，叛逆乘衅⑤，天下乱矣。

当今天下百姓，虽未穷困，军旅之弊，不得安者，向五六年矣。夫妻不得相保⑥，父子不得相养。自剑以南⑦，爰至河、陇、秦、凉之间⑧，山东则有青、徐、曹、汴⑨，河北则有沧、瀛、恒、赵⑩，莫不或被饥荒，或遭水旱，兵役转输，疾疫死亡，流离分散，十至四五，可谓不安矣。幸得陛下以仁圣之恩，悯其失业⑪，所在边境有兵战之役，一切且停。遂使穷困之人，尚得与妻子相见，父兄相保，各复其业，获以救穷。人心稍安，殆半年矣，天下可谓幸甚。愚臣窃贺陛下得天下之机，能密静之。非陛下至圣大明，不能如此也。

愚臣今所以为陛下更论天下之危机者，恐将相有贪夷狄之利⑫，又说陛下以广地强武为威，谋动甲兵以事边塞。陛下或未知天下有危机，万一听之，臣惧机失祸构⑬，则天下有不可奈何也⑭。《诗》不云乎："人亦劳止，汔可小康。惠此中国，以绥四方。"⑮故臣愿陛下垂衣裳⑯，修文德,去刑罚,劝农桑,以息天下之人⑰,务与之共安。然后使遐荒蛮夷自知中国有圣人,重译⑱而入贡。愚臣窃以为当今天下之大计也,伏惟陛下念之。

近者隋炀帝不知天下有危机,自以为威德广大,欲建万代之业。动天下之众,殚万人之力,兵役相仍,转输不绝;北讨胡貊⑲,东伐辽人⑳,于是天下百姓穷困,人不堪命,机动祸构,遂丧天下。此是不知天下有危机,而信贪佞之臣,冀收夷狄之利,卒以灭亡者也。隋氏之失,可以殷鉴㉑,岂不大哉! 伏惟陛下察之。

国家所伐吐蕃㉒,有大失策,中国之众,半天下受其弊。然遂事不谏㉓,当复何言。陛下不以臣愚,刍荛可采㉔,一赐召臣至玉陛㉕,得以口论天下,幸甚。

---

① 危机:祸端,潜伏的灾难。　② 穷:窘困无告。　③ 宄(guǐ):盗窃作乱。　④ 动:指服劳役。　⑤ 乘衅(xìn):乘隙。衅,裂缝。　⑥ 保:养。　⑦ 剑:指剑门关。在四川剑阁县北。　⑧ 爰(yuán):发语词。河:河州,治今甘肃临夏州。陇:陇州,治今陕西陇县。秦:秦州,治今甘肃天水市。凉:凉州,治今甘肃武威市。　⑨ 山东:唐

时指崤山、函谷关以东地区。青:青州,治今山东青州市。徐:徐州,今属江苏。曹:曹州,治今山东菏泽。汴:汴州,治今河南开封市。 ⑩ 沧:沧州,治今河北沧州东南。瀛:瀛州,治今河北河间市。恒:恒州,治今河北正定县。赵:赵州,治今河北赵县。 ⑪ 失业:失去谋生的常业。 ⑫ 夷狄之利:指唐初开边战争的利益。古代称四方边境的少数民族为东夷、南蛮、西戎、北狄。 ⑬ 构:造祸。 ⑭ 奈何:对付、处置。 ⑮ "《诗》"以下五句:见《诗经·大雅·民劳》。劳:辛勤。止:助词。汔(qì):接近。康:安。绥(suí):安抚。 ⑯ 垂衣裳:指无为而治。《易·系辞》:"黄帝尧舜垂衣裳而天下治。" ⑰ 息:保息、繁息。 ⑱ 重(chóng)译:距离遥远的民族语言需多次翻译才能沟通。 ⑲ 胡貊(mò):古代泛称居住在东北地区的民族。 ⑳ 辽:指今辽东半岛地区。 ㉑ 殷鉴:本义指殷商灭夏,殷人当以夏亡为鉴戒,后泛指可以作为借鉴的前事。 ㉒ 吐蕃(bō):古代藏族政权,唐初势力强大。 ㉓ 遂事不谏:语出《论语·八佾》:"成事不说,遂事不谏,既往不咎。" ㉔ 刍荛(chú ráo):割草为刍,打柴为荛,古代称平民百姓的议论为刍荛之言。 ㉕ 玉陛:指帝王殿坛的台阶。

翻译

臣听说国家存在危机,祸患福祉都由此而发生。危机平息就有福祉,危机发动就有祸患,全国百姓就是危机的根源了。

说到百姓,安定就喜爱生活,不安定就轻贱生命,轻贱生命,就什么样的事都做得出来了。所以说,不能令百姓走投无路,百姓走投无路为非作歹的事就发生;不能让百姓不断服劳役,百姓不断服劳役灾难变乱就兴起。为非作歹的事不断发生,灾难变乱每日兴起,谋反作乱的人乘机而起,国家就混乱了。

如今全国百姓,虽然还没有到贫穷困乏的地步,受战时兵役的祸害,不能安宁生活,已经有五六年了。夫妻不能互相保全,父子不能互相抚养。从剑门以南,直到河州、陇州、秦州、凉州之间,崤山以东则有青州、徐州、曹州、汴州,黄河以北则有沧州、瀛州、恒州、赵州,全都不是遭受饥荒缺粮,就是遇到水灾旱灾,服兵役和运输劳役,生病死亡,一家人流转离散,十户中已有四五户,可以说是很不安定了。幸而皇上赐予仁慈明圣的恩德,怜悯百姓丧失本业,凡是在边境地区应服的兵役劳役,全部暂时免除。因而使得贫穷困乏的百姓,勉强可以和妻子儿女见面,父子兄弟互相保全,各自回复他们的本业,得以救济困窘。民心稍稍安定,差不多已有半年了,国家可以说十分幸运。愚臣私下里庆贺皇上掌握了治理国家的关键,能够不动声色地平息危机。若不是皇上大圣大明,是不能做到这一点的。

愚臣今天所以再次为皇上论列治理国家存在危机的原因,是担心文武大臣中有贪求边远地区的利益,仍劝说皇上把开拓土地、炫耀武力作为威严,企图动用军队在边塞发动战争。皇上也许未能了解治理国家存在危机,万一可能听从了他们,臣害怕丧失治国关键造成祸患,那么国家的前途就不堪设想了。《诗经》上曾这样说:"百姓已经十分困乏了,期望得到稍微的宽裕。加惠京都地区的百姓,就能安抚四境的人民。"所以臣希望皇上无为而治,兴修文教,免除刑罚,奖励农桑,用来安定繁息全国的百姓,力求和他们共同安定。这样就能使边远地区的民族知道中国有圣人在位,通过辗转翻译来朝见进贡。愚臣私下以为这是今天治理国家的最好策略,恳求皇上加以考虑。

近代的事例,隋炀帝不了解治理国家存在危机,自以为声威德行宽广阔大,企图建立流传万世的功业。动员全国的民众,竭尽上万人的力量,兵役劳役频繁,转运输送不断;向北讨伐胡貊,向东攻打辽人,因此全国百姓贫穷、困乏,人民再也不能忍受他们的痛苦,危机萌发造成祸患,于是导致国家灭亡。这就是不了解治理国家存在危机,却听信贪鄙谄佞的臣僚,企图夺取边远地区的利益,终于因此灭亡的事例了。隋朝的失策,可以作为前车之鉴,难道还不鲜明吗?恳求皇上加以考虑。

朝廷的用兵讨伐吐蕃,有很大的失算,全中国的民众,半数以上受到它的祸害。不过已经发生的事不再谏诤,还能再说什么呢。皇上不嫌弃臣下愚昧,以为卑微之人的言说可以采纳,一旦恩赐召臣下到殿堂之下,能够当面议论治国大计,更是恳切期望到极点了。

谏灵驾入京书[1]

弘道元年(683)十二月,唐高宗卒于洛阳,灵柩将西迁京城长安。第二年即光宅元年(684)春天,二十六岁的陈子昂虽已中进士,但尚未授官,便诣阙上书,谏灵驾入京。卢藏用所撰《陈氏别传》说:"时皇上以太后居摄,览书而壮之,召见问状。子昂貌寝寡援,然言王霸大略君臣之际,甚慷慨焉。上壮其言而未深知也,乃敕曰:'梓州人陈子昂,地籍英灵,文称昕晔。'拜麟台正字。时洛中传写其书,市肆间巷,吟讽相属,乃至转相货鬻,飞驰远迩。"

陈子昂从关心国家利益以及人民疾苦的前提出发,反对把高宗灵柩迁回长安。文章围绕灵驾入京乃失策之举立论,分析当时内忧外患迭生的严峻形势;指出大兴土木,劳民伤财,既给百姓带来沉重负担,又将危害国家统治;追述舜、禹、周平王、汉光武的故事,强调君主应以天下为家,以国家社稷为重等等。一共从七个方面一再重申灵驾不应该也不必要西迁长安的理由,通篇行文潇洒,慷慨有气势。

[1] 灵驾:此指唐高宗的灵柩。《资治通鉴》卷二〇三载,高宗卒于洛阳,光宅元年(684)五月灵柩迁往京城长安,八月葬于乾陵。

梓州射洪县草莽臣陈子昂①，谨顿首冒死献书阙下：臣闻明主不恶切直之言以纳忠，烈士不惮死亡之诛以极谏。故有非常之策者，必待非常之时；有非常之时者，必待非常之主。然后危言正色②，抗议直辞③，赴汤镬而不回④，至诛夷而无悔。岂徒欲诡世夸俗、厌生乐死者哉⑤？实以为杀身之害小，存国之利大，故审计定议而甘心焉。况乎得非常之时，遇非常之主，言必获用，死亦何惊，千载之迹，将不朽于今日矣。

伏惟大行皇帝之遗天下、弃群臣⑥，万国震惊，百姓屠裂⑦。陛下以徇齐之圣⑧，承宗庙之重⑨，天下之望，喁喁如也⑩，莫不冀蒙圣化，获保余年。太平之主，将复在于今日矣。况皇太后又以文母之贤⑪，协轩宫之耀⑫；军国大事，遗诏决之⑬；唐、虞之际⑭，于斯盛矣。

臣伏见诏书，梓宫将迁坐京师⑮，銮舆亦欲陪幸⑯。计非上策，智者失图。庙堂未闻有骨鲠之谋⑰，朝廷多见有顺从之议，愚臣窃惑，以为过矣。伏自思之，生圣日，沐皇风，摩顶至踵，莫非亭育⑱。不能历丹凤⑲，抵濯龙⑳，北面玉阶，东望金屋，抗音而正谏者，圣王之罪人也。所以不顾万死，乞献一言，愿蒙听览，甘就鼎镬，伏惟陛下察之。

臣闻秦据咸阳之时，汉都长安之日，山河为固，天下服矣。然犹北假胡宛之利㉑，南资巴蜀之饶；自渭入河㉒，转关东之粟；逾沙绝漠，致山西之宝㉓。然后能削平天下，弹压诸侯，长辔利策，横制宇宙㉔。今则不然，燕、代迫匈奴之侵㉕，巴、陇婴吐蕃之患㉖。西蜀疲老，千里运粮；北国丁男，十五乘塞㉗。岁月奔命，其弊不堪。秦之首尾㉘，今不完矣，即所余者，独三辅之间尔㉙。

顷遭荒馑，人被荐饥㉚，自河而西，无非赤地㉛；循陇以北，罕逢青草。莫不父兄转徙，妻子流离，委家丧业㉜，膏原润莽㉝，此朝廷之所备知也。赖以宗庙神灵，皇天悔祸㉞，去岁薄稔㉟，前秋稍登㊱，使赢饿之余㊲，得保沉命㊳，天下幸甚，可谓厚矣。然而流人未返，田野尚芜，白骨纵横，阡陌无主。至于蓄积，犹可哀伤。

陛下不料其难，贵从先意，遂欲长驱大驾，按

谏灵驾入京书
127

节秦京㊴。千乘万骑,何方取给?况山陵初制㊵,穿复未央㊶,土木工匠,必资徒役。今欲率疲弊之众,兴数万之兵,征发近畿㊷,鞭朴羸老㊸,凿山采石,驱以就功㊹,但恐春作无时,秋成绝望,凋瘵遗噍㊺,再罹饥苦㊻。倘不堪其弊,有一逋逃㊼,《子来》之颂㊽,其将何词以述?此亦宗庙之大机,不可不深图也。况国无兼岁之储,家鲜匝时之蓄㊾,一旬不雨,犹可深忧;忽加水旱,人何以济?陛下不深察始终,独违群议,臣恐三辅之弊,不止如前日矣!

且天子以四海为家,圣人包六合为宇。历观邃古,以至于今,何尝不以三王为仁㊿,五帝为圣○51?故虽周公制作○52,夫子著明○53,莫不祖述尧舜,宪章文武○54,为百王之鸿烈,作千载之雄图。然而舜死陟方,葬苍梧而不返○55;禹会群后○56,殁稽山而永终○57。岂其爱蛮夷之乡而鄙中国哉?实将欲示圣人之无外也○58,故能使坟籍以为美谈○59,帝王以为高范。况我巍巍大圣,轹帝登皇○60,日月所照,莫不率俾○61。何独秦丰之地○62,可置山陵,河洛之都,不堪园寝○63!陛下岂不察之?愚臣窃为陛下惜也。

且景山崇丽(64)，秀冠群峰，北对嵩邙(65)，西望汝海(66)；居祝融之故地(67)，连太昊之遗墟(68)，帝王图迹，纵横左右，园陵之美，复何加焉！陛下曾未察之，谓其不可。愚臣鄙见，良足尚矣(69)。瀍、涧之中(70)，天地交会，北有太行之险，南有宛、叶之饶(71)；东压江、淮，食湖海之利；西驰崤、渑(72)，据关河之宝(73)。以聪明之主，养淳粹之人，天下和平，恭己正南面而已(74)。陛下不思瀍、洛之壮观，关陇之荒芜，遂欲弃太山之安(75)，履焦原之险(76)；忘神器之大宝(77)，徇曾、闵之小节(78)，愚臣暗昧，以为甚也。陛下何不览谏臣之策，采行路之谣，咨谋太后，平章宰辅(79)，使苍生之望，知有所安，天下岂不幸甚。

昔者平王迁周(80)，光武都洛(81)。山陵寝庙，不在东京；宗社坟茔，并居西土(82)。然而《春秋》美为始王(83)，《汉书》载为代祖(84)，岂其不愿孝哉？何圣贤褒贬，于斯滥矣！实以时有不可，事有必然。盖欲遗小存大，去祸归福，圣人所以为贵也。夫小不忍而乱大谋(85)，仲尼之至诚，愿陛下察之。若以臣愚不用，朝议遂行，臣恐关陇之忧，无时休也。

臣又闻,太原蓄巨万之仓⑯,洛口积天下之粟⑰,国家之宝,斯为大矣。今欲舍而不顾,背以长驱,使有识惊嗟,天下失望。倘鼠窃狗盗⑱,万一不图,西入陕州之郊⑲,东犯武牢之镇⑳,盗敖仓一抔之粟㉑,陛下何以遏之?此天下之至机,不可不深惟也!虽则盗未旋踵㉒,诛刑已及,灭其九族,焚其妻子㉓。泣辜虽恨㉔,将何及焉!故曰:先谋后事者逸,先事后图者失。然而"国之利器,不可以示人"㉕。斯言不徒设也,愿陛下念之。

臣西蜀野人,本在林薮㉖。幸属交泰㉗,得游王国。故知不在其位者不谋其政㉘,亦欲退身岩谷,灭迹朝廷。窃感娄敬委辂㉙,不非其议㉚,图汉策于万全,取鸿名于千古,臣何独怯而不及之哉?所以敢触龙鳞㉛,死而无恨。庶万有一中,或垂察焉。臣子昂诚惶诚恐,顿首顿首,死罪死罪。

---

① 草莽臣:等于说在野的布衣臣子。 ② 危言:惊人言论。 ③ 抗议:直言反对意见。 ④ 汤镬(huò):古代烹人的酷刑。 ⑤ 诡世

夸俗:异于世俗以向时人作夸耀。 ⑥大行皇帝:此指唐高宗。大行:一去不返。古代皇帝死亡,停棺待葬,臣下则讳称为大行皇帝。遗天下、弃群臣:也都是古代皇帝死亡的委婉说法。 ⑦屠裂:割裂。 ⑧陛下:此指新即位的睿宗李旦。徇齐:敏慧。徇,通"濬",智慧。齐,敏捷。 ⑨宗庙:即社稷,原指皇帝祭祀祖先的地方,后代称国家、王室。 ⑩喁喁(yóng):群鱼之口向上,形容低声细语。 ⑪文母:文德之母,原指周文王妃子太姒(sì)贤德,后用作后妃美称,这里指皇太后武则天。 ⑫轩宫:星名,轩辕之宫,这里代称宫廷。 ⑬"遗诏"句:《资治通鉴》卷二〇三载,弘道元年(683)高宗临终时遗诏太子即位,难以定夺的军国大事,全部取决于武则天。 ⑭唐、虞之际:唐尧让位给虞舜,是两位贤明皇帝的交接,这里比喻高宗去世,中宗即位。 ⑮梓宫:皇帝的棺材,用梓木制成。 ⑯銮舆:皇帝的车驾,借指皇帝本人。陪幸:这里指睿宗要护送高宗灵柩到长安去。古代称皇帝亲临某地为幸。 ⑰骨鲠:已见《感遇》其十八注。 ⑱亭育:培育。 ⑲丹凤:即凤阙,皇帝宫殿。 ⑳濯龙:汉代园林名,泛称帝王园林。 ㉑胡宛(yuān):泛指古西域之地。宛,原作"苑",据《唐文粹》改,即大宛,古西域众国之一。 ㉒自渭入河:当是自河入渭。指将关东的粮食运到长安、咸阳。 ㉓山西之宝:陈子昂《上军国机要事》提到"陇右马群,是国所宝",这里即指甘肃、青海一带所产宝马。 ㉔横:广。 ㉕燕代:春秋战国时二古国名,大体在今河北、山西一带。 ㉖巴:古国名,故地在今四川东部一带。陇:即甘肃省。婴:同"撄",遭遇。 ㉗乘塞:指在边关服役。乘,登。 ㉘秦之首尾:指关中的整体,喻唐朝完整国土。首尾,整体完全的意思。 ㉙三辅之间:指长安附近。三辅,原为西汉所设三职官，治理京城附近地区，后泛指三辅所辖地区。㉚ 荐饥：禾麦连年不熟。荐，一再、重。 ㉛ 赤地：遭受旱灾不生五谷之地。 ㉜ 委：抛弃。 ㉝ 膏原润莽：即膏润原莽，滋润原野。㉞ 悔祸：追悔所造成的祸乱。 ㉟ 稔（rěn）：谷物成熟。 ㊱ 登：成熟。 ㊲ 羸（léi）：弱。 ㊳ 沉命：没命，本该送命死亡。 ㊴ 按节：徐行。 ㊵ 山陵：指高大坚固的帝王陵墓。 ㊶ 穿复：指陵墓的挖掘工程。穿，掘通。复，覆土。未央：还没有完。 ㊷ 畿（jī）：京城管辖的地区。 ㊸ 鞭、朴：都是刑具名。 ㊹ 功：工程。 ㊺ 凋瘵（zhài）：衰病、疾苦。噍（jiào）：嚼，这里指噍类，活着的人。 ㊻ 罹（lí）：通“离”，遭遇。 ㊼ 逋（bū）逃：逃亡的人。 ㊽ “子来”句：《诗经·大雅·灵台》“经始勿亟，庶民子来”，是说百姓急于公事，好像子女急于父母之事一般，不召自来。引申为效忠顺从。 ㊾ 匝（zā）时：犹一年。匝，环绕一周。 ㊿ 三王：一般指夏禹、商汤、周文王。(51) 五帝：一般以为是黄帝、颛顼（zhuān xū）、帝喾（kù）、唐尧、虞舜。(52) 周公：周武王之弟姬旦，辅助成王，儒家以为周代礼乐是周公创制的。制作：制礼作乐。 (53) 夫子：指孔子。著明：阐明礼乐。明：原作“名”，据敦煌卷子本改。 (54) 祖述尧舜、宪章文武：语出《礼记·中庸》。祖述：师法前人，加以陈说。尧舜：唐尧和虞舜。宪章：效法。文武：周文王和周武王。 (55) “然而”二句：传说舜到南方巡狩，死在苍梧之野，于是就葬在那里。陟（zhì）方：巡狩四方。 (56) 后：这里指列国诸侯。 (57) 殁（mò）：没、死。稽山：即会稽山，在浙江绍兴市东南。 (58) 无外：范围宽广无边。 (59) 坟籍：指古代典籍。坟，即《三坟》，传说中的古代典籍。 (60) 轹（lì）帝登皇：犹言超过三皇五帝。轹，车轮压过。登，高过。 (61) 率俾：率从。率，遵循。俾，使。

㊅㊂ 丰:即丰邑,周时都城,故地在陕西长安区西北。 ㊅㊃ 园寝:帝王墓地所建之庙。 ㊅㊄ 景山:在河南偃师市南。 ㊅㊅ 嵩邙(máng):嵩山和北邙山,都在河南洛阳市附近。 ㊅㊆ 汝海:指汝水流域。 ㊅㊇ 祝融:传说中上古时火神。 ㊅㊈ 太昊(hào):即伏羲,传说中上古帝王。 ㊅㊉ 尚:通"上"。 ㊆⓪ 瀍(chán)、涧:两条河流,都流经洛阳入洛河。 ㊆① 宛、叶:二县名,治今河南南阳市和叶县。 ㊆② 崤(xiáo):崤山,在河南洛宁县西北。渑(miǎn):渑水,在河南渑池县。 ㊆③ 关河:已见《西还至散关答乔补阙知之》注。 ㊆④ "恭己"句:《论语·卫灵公》说:"无为而治者,其舜也欤!夫何为哉,恭己正南面而已矣。"此用其语,赞颂帝王神明,无为而治。 ㊆⑤ 太山:即东岳泰山。 ㊆⑥ 焦原:山名,又名峥嵘谷,在山东莒县南,古代为著名险谷。 ㊆⑦ 神器之大宝:指帝位,也可指帝王符玺之类。 ㊆⑧ 曾、闵:曾参和闵子骞,都是孔子弟子,以孝行著称。 ㊆⑨ 平章:商量处理。宰辅:宰相或三公,都是辅政大臣。 ㊆⑩ 平王迁周:公元前770年,周平王迁都于洛邑,见《史记·周本纪》。 ㊇① 光武都洛:东汉光武帝建元元年(25)定都洛阳,见《后汉书·光武本纪》。 ㊇② "山陵"以下四句:是说周平王、汉光武迁都,都远离了宗庙祖坟。寝庙:古代宗庙,寝是接神之处,在前;庙是藏衣冠之处,在后。东京、西土:指洛阳和长安,敦煌卷子本分别校作"西京""东土"。 ㊇③ 始王:最初的君主。 ㊇④ 代祖:光武帝的庙号是世祖,唐人避太宗李世民讳,故称为代祖。 ㊇⑤ 小不忍而乱大谋:语出《论语·卫灵公》。 ㊇⑥ "太原"句:隋、唐都在太原设置了大粮仓。 ㊇⑦ 洛口:指洛口仓,又名兴洛仓,隋建,唐初因之,故址在河南巩义东南。 ㊇⑧ 鼠窃狗盗:喻小窃小盗。 ㊇⑨ 陕州:治今河南三门峡市西。 ㊈⓪ 武牢:即虎牢,故地

在河南荥阳市西北汜水镇西,有虎牢关,自古为戍守要地。唐避高祖祖父李虎讳,称武牢。　㉑敖仓:秦代所建,故址在河南荥阳市东北敖山上,后泛指粮仓。一抔(póu):一捧。　㉒旋踵:转足之间,形容很迅速。　㉓焚(fèn):通"偾",倾覆。　㉔泣辜:犹泣罪。㉕利器:喻国家权力,或喻兵权。语出《老子》第三十六章:"鱼不可脱于渊,邦之利器不可以示人。"　㉖林薮(sǒu):山林水泽,隐居之所。　㉗交泰:天地之间融合贯通,引申为时运亨通。　㉘"故知"句:"不在其位,不谋其政",见《论语·宪问》与《泰伯》。　㉙"窃感"句:《史记·刘敬列传》载,娄敬,齐人,初在陇西服役挽车,因劝说汉高祖建都长安,赐姓刘,拜郎中,号奉春君。委:脱弃。辂(hé):车前横木。　㉚非:责难。其议:指娄敬关于建都的意见。　㉛龙鳞:传说龙的喉下有逆鳞径尺,若有人触动它,则必杀人。见《韩非子·说难》。这里比喻帝王的威严。

翻译

梓州射洪县的草野臣子陈子昂,恭谨地叩头冒死罪上书朝廷:臣下听说圣明的君主不厌恶切直的言论以采纳忠诚,壮士不畏惧死刑的诛罚以极力进谏。所以行用不同寻常的政策,一定要等待不同寻常的时机;有了不同寻常的时机,一定要等待不同寻常的君主。然后才能以严肃的神情发表惊人的言论,用正直的言辞提出反对意见,即使跳到沸水锅里去也不回头,到被诛灭的地步也不后悔。难道只是想标新立异来向世俗作夸耀,厌烦活着而乐意死亡吗？实在是认为个人被杀的害处小，保存国家的利益重大，所以反复考虑打定主意而甘心情愿这样做。何况现在遇上了不同寻常的时机，碰到了不同寻常的君主，进言一定被采用，那么死又有什么可惊怪的，垂名千载的事迹，将在此不朽了。

在下想到去世的高宗皇帝留下了天下，抛弃了群臣，万国为之震惊，百姓肝胆俱裂。陛下凭着敏慧圣明，承继了国家重任，天下人殷切盼望，都在低声细语，没有不希望蒙受圣明教化，得保有生之年的。太平盛世的君主，将又出现在今天了。况且皇太后又有文德之母那样的贤惠，协合神圣宫廷的辉耀，军国大事，高宗皇帝遗命作出决断；正像唐尧、虞舜禅位的时刻，这样最为兴盛了。

臣下见诏书上说，高宗皇帝的灵柩将要迁置京城，皇上的銮驾也要陪同前往。这个打算不是上策，是智者的失算。庙堂上没有听说有耿直的计谋，朝廷上可见的多是顺从附和的议论，愚臣暗地里疑惑，认为这是错了。在下自己思量，生在圣明的时代，沐浴皇上的仁风，从头到脚，没有不受化育的。若不能够经过丹凤之阙，到达濯龙之园，北面对着玉石台阶，向东望着黄金宫殿，高声地正言进谏，这是圣明君主的罪人啊。所以不顾万死，乞求进献一句话，希望蒙受陛下耳听目览，甘心情愿去赴汤镬之刑，在下只希望陛下明察。

臣下听说秦朝占据咸阳、汉朝建都长安的时候，山河是坚固的，天下臣服了。然而还向北边获取胡人大宛的利益，往南边依据巴蜀的富饶；从渭河到黄河，转运关东的粮食；越过沙漠，取来

谏灵驾入京书

陇右的宝马。然后才能够平定天下,制服诸侯,长缰快鞭,广泛地统治宇宙。如今却不是这样,燕、代迫于匈奴的侵掠,巴、陇遭受吐蕃的祸害。西蜀疲弱的老人,千里运粮;北方的壮丁男子,十分之五在守边。长年累月奔走应命,这样的弊害不堪忍受。关中的整体,如今不完整了,算来所剩下的,只不过京城一带了。

近来遭受灾荒,百姓遇上连年饥馑,从黄河以西,没有不是一片焦土的;沿着陇山往北,很少能碰见青草。没有一家不是父兄流亡,妻儿离散,抛弃家园,丧失本业,肥了原野,润了草莽。这是朝廷已详细知道了的。幸亏由于宗庙神灵,老天后悔灾祸,去年略为丰收,前年秋天小有收成,使病弱饥饿中活下来的人,得以保住他们生命,天下幸运得很,可说是恩泽很厚了。但是流亡的百姓还没有回家,田野还荒芜,白骨遍野,田地没有主人。至于国家的粮食储备,仍然令人觉得哀伤。

陛下不估量这些困难,以顺从先帝遗愿为重,因而想驱使銮驾远行,缓缓驰往长安。千车万马,从何处取得给养?况且皇陵刚刚兴建,挖掘工程又没有完,土木工匠,定要提供劳力服役。如今要想带领疲惫的民众,动用数万的军队,征发京城地区的百姓,鞭打老弱,凿山挖石,驱使他们来完成工程,只怕是春天农作不按时,秋天的收成没指望,衰病而勉强活着的人,再次遭受饥荒之苦。倘若他们不能忍受那困苦,有一个逃亡的,那么《子来》的颂歌,还能用什么言词来称述?这也是国家大事的关键所在,是不能不深加考虑的。何况国家没有两年的储备,百姓家里很少有一年的蓄积,十天不下雨,尚且要深深担心;忽然加上水旱灾害,又用什么来救济人们?陛下不仔细考虑事情的前前后后,偏偏要违背大家的意见,臣恐怕京城地区所遭受的祸害,更不止像前些日子那样了!

而且天子以四海为家,圣人覆盖天地四方为屋宇。遍观远古,直到如今,何曾不认为三王是仁爱的,五帝是圣明的?所以即使是周公制礼作乐,孔子著述阐明,没有人不继承阐发唐尧虞舜的教诲,秉奉周文王、周武王的宪法章程的,从事百代帝王的伟大功业,实现千年的雄伟理想。然而虞舜死于南巡道中,葬在苍梧没再回返;夏禹会合诸侯们,死在会稽山而长眠该处。难道是他们喜爱蛮夷之乡而轻视中原国土吗?实在是想要表明圣人是非常宽广不分内外的,所以他们能使古代典籍以此为美谈,后世帝王以此为高尚的典范。更何况我朝崇高圣明,压倒五帝高过三皇,日月所照耀的地方,无不臣服。为什么偏只有秦丰这地方,可以安置皇陵,洛阳都城,就不能建造寝庙呢!陛下难道不曾明察这一点?愚臣私下替陛下惋惜。

又况且景山壮美,秀丽为群峰之冠,北边对着嵩山、北邙山,西边看得见汝河流域;地处祝融氏的旧地,连接着伏羲氏的遗址,历代帝王的雄图遗迹,前后左右都是,园陵的优美,又有什么超过它的呢!陛下居然还没有明察,说它不行。照愚臣鄙陋的看法,实在已经足够高级了。瀍水、涧水之中,天地交合,北有太行山的险峻,南有宛县、叶县的富饶;东边镇着长江、淮河,享有湖海之利益;西边横亘着崤山、渑池,占有山河的瑰宝。以聪明圣德的君主,养育纯朴善良的百姓,天下和平,自己只要恭敬地朝南端坐就行了。陛下不想着沣水、洛水壮观,关陇之地的荒凉,就想舍弃泰山的安稳,践履焦原的险地,忘掉帝位的至宝,遵循曾参、闵子骞那样的小节,愚臣昏昧,认为这是太过分了。陛下为什么不看谏官提出的建议,采纳路上行人的歌谣,向太后询问,跟辅政大臣们商量,使得百姓的期望,知道可以有安定的生活,那么天下不就幸运得很了。

从前平王把周的都城迁移到洛邑,汉光武也定都于洛阳,当时皇陵宗庙不在东都洛阳,社稷祖坟都在陕西之地。但是《春秋》赞美平王为东周的始王,《汉书》记载光武帝是汉朝的世祖。难道是他们不愿意尽孝道吗?为什么圣人贤者的褒贬,这样滥用!实在是因为当时有不可以的原因,事情有必然的道理。大概要舍弃小节保存大义,避开祸害归依福德,是圣人以此为贵的原则。不能忍受小害因而坏了大事,这是孔子的最重要的告诫,希望陛下明察。如果认为臣下愚昧不可采用,朝廷的议论于是就实行,那么臣下恐怕关陇的忧患,没有止歇的时候了。

臣下又听说太原蓄积了巨万的粮仓,洛口储存了天下的粮食,国家的宝藏,这算是最大的了。如今却想舍弃不顾,离开它们而驰往远处,使得有识之士惊叹,天下之人失望。倘若鼠窃狗盗之徒,万一朝廷没有料到,从西边进入陕州的郊野,从东边侵犯虎牢这重镇,要盗取敖仓的一捧粮食,陛下靠什么来遏止他们?这是治理国家最重要的关键,是不可以不深思的。那么盗贼还没有转身逃跑,诛杀的刑罚就已经加身,灭掉他们的九族,使他们的妻儿遭到灭顶之灾,为罪孽哭泣,虽然遗憾,但又怎么来得及呢!所以说,先打算再做事的人安逸,先做事后考虑的人失算。但是"国家的兵权,不能轻易地显示给人",这话不是空说的,希望陛下想到这个。

  臣下是西蜀草民,本来住在山林水泽,有幸身逢太平盛世,能够游历京城。本来就知道不在那位置上的人不谋划那政治,也想隐居山谷,退出朝廷。私下里又觉得娄敬放下车子不去服役,汉高祖并不认为他的建议不对,为汉朝谋划万全之策,使他取得了流传千古的崇高名声,那臣下为什么偏偏如此怯懦,比不上他呢?所以敢触动龙鳞,死而无憾。希望万一有说中的,或者陛下留神明察。臣下子昂诚惶诚恐,叩头叩头,死罪死罪。

谏用刑书

这篇文章作于垂拱四年（688），陈子昂当时官麟台正字。光宅元年（684），武则天废中宗，杀故太子贤，徐敬业等遂在扬州起兵反抗。武则天把他们镇压下去之后，为巩固统治，便任用酷吏，诛杀所有反对她的人。当时广开告密之门，牵连极众，以致冤狱遍地，人心惶惶。面对这种恐怖统治，陈子昂不惧酷吏嚣张，上书极谏。

文章揭露文深网密、罗织牵连的黑暗现实，痛斥酷吏媚上害下、徇利枉法的丑恶罪行；指出严刑峻法违背人民意愿，使得百姓无端受戮，造成阴阳失调、灾患迭生，以致人心思变、铤而走险等严重后果；同时又总结了隋炀帝"扬州之变"和汉武帝"巫蛊之狱"的历史教训；最后归结重申上书目的在于"恤刑"。文章围绕主题，层层分析论证，观点明晰，逻辑严密，有理有据，意真言切，富有感染力。

将仕郎守麟台正字臣陈子昂[①]，谨顿首冒死诣阙上疏：臣本蜀之匹夫，宦不望达。陛下过意[②]，擢臣草莽之下，升在麟台之阁。光宠自天，卓若

日月。微臣固陋，将何克负？然臣闻忠臣事君，有死无二，怀佞不谏，罪莫大焉。况在明圣之朝，当不讳之日，方复钳口下列③，俯仰偷荣，非臣之始愿也。不胜愚惑④，辄奏狂昧之说，伏惟陛下少加察焉。

臣闻古之御天下者，其政有三：王者化之，用仁义也；霸者威之，任权智也；强国胁之，务刑罚也。是以化之不足，然后威之；威之不变，然后刑之。故至于刑，则非王者所贵矣。况欲光宅天下⑤，追功上皇，专任刑杀，以为威断，可谓策之失者也。

臣伏睹陛下圣德聪明，游心太古，将制静宇宙⑥，保乂黎人⑦，发号施令，出于诚慊⑧。天下苍生，莫不想望圣风，冀见神化。道德为政，将待于陛下矣。且臣闻之：圣人出治，必有驱除。盖天人之符⑨，应休命也⑩。日者东南微孽⑪，敢谋乱常⑫，陛下顺天行诛，罪恶咸服，岂非天意欲彰陛下神武之功哉！而执事者不察天心，以为人意，恶其首乱倡祸⑬，法合诛屠，将息奸源，穷其党与。遂使陛下大开诏狱⑭，重设严刑，冀以惩创观于天下。逆党亲属及其交游，有迹涉嫌疑，辞相逮引⑮，莫不穷捕考讯，枝叶蟠拿⑯，大或流血，小御魑魅⑰。至有奸人荧惑，乘险相诬，纠告疑似⑱，冀图爵赏，叫于阙下者日有数矣。于时朝廷偟偟⑲，莫能自固，海内倾听，以相惊恐。赖陛下仁慈，悯斯危惧，赐以恩诏，许其大功已上一切勿论⑳。时人获泰，谓生再造㉑。愚臣窃亦欣然，贺陛下圣明，得天下之机也。不谓议者异见，又执前图。比者刑狱纷纷复起㉒，陛下不深思天意，以顺休期㉓，尚以督察为理，威刑为务，使前者之诏不信于人。愚臣昧焉，窃恐非三皇五帝伐罪吊人之意也㉔。

臣窃观当今天下百姓，思安久矣。曩属北胡侵塞㉕，西戎寇边，兵革相屠，向历十载。关河自北，转输幽燕；秦蜀之西，驰骛湟海㉖，当时天下疲极矣！重以大兵之后，屡遭凶年，流离饥饿，死丧略半。幸赖陛下以至圣之德，抚宁兆人㉗，边境获安，中国无事，阴阳大顺，年谷累登，天下父子，始得相养矣。故扬州构祸，殆有五旬㉘，而海内晏然，纤尘不动，岂非天下蒸庶厌凶乱哉㉙？臣以此卜之，知百姓思安久矣。今陛下不务玄默以救疲人㉚，而反任威刑以失其望，欲以察察为政㉛,肃理寰区㉜。臣愚暗昧,窃有大惑。且臣闻刑者政之末节也㉝,先王以禁暴整乱,不得已而用之。今天下幸安,万物思泰,陛下乃以末节之法,察理平人㉞,臣愚以为非适变随时之议也。

顷年以来,伏见诸方告密,囚累百千辈,大抵所告皆以扬州为名,及其穷究,百无一实。陛下仁恕,又屈法容之,傍讦他事㉟,亦为推劾。遂使奸恶之党决意相仇,睚眦之嫌即称有密㊱;一人被讼,百人满狱,使者推捕,冠盖如云㊲。或谓陛下爱一人而害百人,天下喁喁㊳,莫知宁所。

臣闻自非圣人,不有外患,必有内忧,物理之自然也。臣不敢以远古言之,请借隋而况。臣闻长老言,隋之末代,天下犹平。炀帝不龚㊴,穷毒威武,厌居皇极㊵,自总元戎,以百万之师观兵辽海,天下始骚然矣。遂使杨玄感挟不臣之势㊶,有犬盗之心㊷,欲因人谋,以窃皇业。乃称兵中夏,将据洛阳,哮阚之势㊸,倾宇宙矣。然乱未逾月,而首足异处,何者?天下之弊,未有土崩;蒸人之心,犹望乐业。炀帝不悟,暗忽人机,自以为元恶既诛,天下无巨猾也,皇极之任,可以刑罚理之。遂使兵部尚书樊子盖专行屠戮㊹,大穷党与，海内豪士，无不糜殃。遂至杀人如麻，血流成泽，天下靡然，始思为乱矣。于是萧铣、朱粲起于荆南㊺，李密、窦建德乱于河北㊻，四海云摇，遂并起而隋族亡矣。岂不哀哉？长老至今谈之，委曲如是。

臣窃以此上观三代夏、殷、周兴亡，下逮秦、汉、魏、晋理乱，莫不皆以毒刑而致败坏也。夫大狱一起，不能无滥，何者？刀笔之吏㊼，寡识大方㊽；断狱能者，名在急刻。文深网密㊾，则共称至公；爰及人主，亦谓其奉法。于是利在杀人，害在平恕，故狱吏相诫，以杀为词㊿。非憎于人也，而利在己。故上以希人主之旨，下以图荣身之利。徇利既多㉛，则不能无滥。滥及良善，则淫刑逞矣。

夫人情莫不自爱其身，陛下以此察之，岂能无滥也？冤人吁嗟，感伤和气。和气悖乱，群生疠疫。水旱随之，则有凶年。人既失业，则祸乱之心怵然而生矣。顷来亢阳僭候，密云而不雨，农夫释耒，瞻望嗷嗷，岂不由陛下之有圣德而不降泽于下人也？倘旱遂过春，废于时种，今年稼穑必有损矣。陛下何不敬承天意，以泽恤人？臣闻古者明王重慎刑罚，盖惧此也㊿。

《书》不云乎㊼："与其杀不辜，宁失不经㊽。"陛下奈何以堂堂之圣，犹务强霸之威哉！愚臣窃为陛下不取也。且愚人安则乐生，危则思变，故事有招祸，而法有起奸。倘大狱未休，支党日广，天下疑惑，相恐无辜。人情之变，不可不察。

昔汉武帝时，巫蛊狱起㊽，江充作诈，惑乱京师，致使太子奔走，兵交宫阙。无辜被害者以千、万数，刘氏宗庙，几倾覆矣。赖武帝得壶关三老上书㊾，廓然感悟㊿，夷江充三族㊿，余狱不论，天下少以安尔。臣每读《汉书》至此，未尝不为戾太子流涕也。古人云："前事之不忘，后事之师㊿。"伏愿陛下念之。

臣不避汤镬之罪，以蝼蚁之命轻触宸严㊿。臣非不恶死而贪生也，诚恐负陛下恩遇。臣不敢以微命蔽塞聪明，亦非敢欲陛下顿息刑罚，望在恤刑尔。乞与三事大夫图其可否㊿。"往者不可谏，来者犹可追㊿"。无以臣微而忽其奏，天下幸甚。臣子昂诚惶诚恐，死罪死罪。

① 将仕郎:从九品下文散官。守:署理,官阶低所署官高称"守",反之称"行"。麟台:即秘书省,武则天垂拱元年(685)改名。正字:官名,正九品下,掌典校秘籍等。 ② 过意:过分盛情。 ③ 下列:末位。 ④ 胜:尽。 ⑤ 光宅:充满、覆盖,引申为占有、据有。 ⑥ 制:御、统治。静:安定。 ⑦ 保乂(yì):安定。 ⑧ 慊(qiǎn):满足。 ⑨ 天人:自然与社会。符:符瑞,天所显示的祥瑞象征。 ⑩ 休命:美好的天命。 ⑪ 日者:前些日子。东南微孽:指徐敬业在扬州反武则天。详后注。 ⑫ 敢谋:竟有胆量谋划。 ⑬ 倡:发起。 ⑭ 诏(zhào)狱:奉皇帝诏令关押犯人的监狱。 ⑮ 逮引:牵连。 ⑯ 蟠(pán)拿:盘曲攫拿的样子。 ⑰ 御魑魅(chī mèi):借指流放到边远蛮荒之地。语出《左传》文公十八年,"流四凶族,投之四裔以御魑魅"。魑魅本指传说中的山精鬼怪,后用为对边地少数民族的蔑称。 ⑱ 疑似:怀疑相似,是非难辨。 ⑲ 偟偟:同"徨徨",心神不安。 ⑳ 大功:丧服五礼之一,一般是为堂房关系的亲族服丧时所用礼制。 ㉑ 再造:重生。 ㉒ 比者:近来。 ㉓ 休期:指天意的美好期望。 ㉔ 伐罪:讨伐有罪的人。吊人:哀悼百姓。人,当作"民",唐避太宗名讳而改。 ㉕ 曩(nǎng)属:往昔、从前。 ㉖ 驰骛(wù):奔走。湟海:即湟水,又名西宁河,为黄河支流,在今青海境内。这里是泛指西北的河流。 ㉗ 抚宁:安定。兆人:万民。"人"当作"民"。 ㉘ "扬州"二句:《资治通鉴》卷二〇三载:公元684年,武则天废中宗自立,改元光宅,九月徐敬业等遂在扬州起兵讨伐武则天,至十一月兵败,所以说"殆有五旬"。 ㉙ 蒸:通"烝",众多。

蒸庶：即百姓。　㉚玄默：无为而治。　㉛察察：苛察。　㉜肃：峻急。寰区：天下。　㉝末节：小事。　㉞平人：平民。　㉟傍：通"旁"，多方。讦(jié)：发人隐私。　㊱睚眦(yá zì)：怒目而视，指小怨小忿。　㊲冠盖：礼帽和车盖，原指官吏的服饰和车乘，借指官吏。　㊳喁喁(yóng)：低语声。　㊴龚(gōng)：通"恭"，恭敬。　㊵皇极：指皇位。　㊶元戎：指主帅，也指军队。杨玄感：隋朝杨素之子，官礼部尚书。大业九年(613)趁炀帝征辽东之机起兵黎阳，不久败死。《隋书》有传。　㊷犬盗：原指披狗皮作狗形以盗物，后泛指偷盗。　㊸哮阚(kàn)：猛兽发怒。　㊹樊子盖：隋炀帝时武威太守，大业九年(613)杨玄感起兵时留守洛阳，竭力备御，以功封建安侯。《隋书》有传。　㊺萧铣(xiǎn)：后梁宣帝曾孙。隋炀帝大业十三年(617)岳州校尉等推其为主，号梁王，义宁二年(618)称帝，唐武德四年(621)降唐。《旧唐书》《新唐书》均有传。朱粲(càn)：隋炀帝大业末聚众起兵，称迦楼罗王，后号楚帝，兵败被杀。事见《旧唐书》《新唐书》之《李子通传》。　㊻李密：隋炀帝大业十二年(616)参加翟让瓦岗军，被推为主，称魏公，年号永平，后投唐复叛被杀。《旧唐书》《新唐书》均有传。窦建德：隋大业中河北起义军首领，称夏帝，唐武德四年(621)战败被杀。《旧唐书》《新唐书》均有传。　㊼刀笔之吏：指审理案件的文官。刀、笔都是古代的书写工具。　㊽大方：见识广博。　㊾文深网密：指法网深严。　㊿词：借口。　㉛徇：曲从。　㉜"夫人情"一段：是对"天人感应"说的发挥。古人认为阴阳之气和顺则雨泽降，君主失德，则灾异生。怵(chù)然：犹惕然，惴惴不安。亢(kàng)阳愆(jiàn)候：天旱错过了正常节气。愆，越分、差失。嗷嗷(áo)：众声嘈杂，这里是形容农人盼雨的殷切心情。　㊾《书》:《尚书》。　㊾"与其"二句:语出《尚书·大禹谟》。不辜:无罪的人。不经:不正常。　㊾巫蛊(gǔ)狱:汉武帝时江充以巫蛊事陷害太子刘据,太子惧而起兵,败亡自杀。后汉孝宣帝即位,追谥其为戾,史称"戾太子"。事见《汉书·江充传》及《武五子传》。巫蛊:古代谓巫师以邪术加祸于人。　㊾壶关三老:《汉书·武五子传》载,壶关县有三位长者曾上书汉武帝为太子刘据辨诬。

㊾廓然:除去蒙昧,昭然若明。　㊾三族:说法不一,一般指父族、母族、妻族。　㊾"古人"句:语出《战国府·赵策一》,是说不忘记以往的经验教训,可以作为以后行动的借鉴。　㊿蝼蚁:蝼蛄与蚂蚁,比喻微贱的生命。宸(chén)严:称帝王的尊严。宸,北极星所在之地,借指帝王之位,也代称帝王。　㊿三事大夫:指三公、六卿、中下大夫。　㊿"往者"二句:语出《论语·微子》。追:补救。

翻译

　　将仕郎守麟台正字官的陈子昂,恭谨地叩头冒死罪到朝廷呈上条陈:臣下本是蜀州的一个平民,做官不企望显达。承蒙皇上厚意,将臣下从草野之下提拔上来,升在麟台的官署供职。荣耀从天而降,高远如同日月。卑微的臣子本来鄙陋,用什么才能够承担?不过臣下听说忠臣侍奉君主,除了效死没有第二种选择,心怀奸佞不事劝谏,罪过没有比这更大的了。何况处在圣明的朝代,正当直言不讳的时候,将又厕身下官行列闭口不言,上下周旋窃取荣华,这不是臣下的最初愿望。我很愚昧迷惑,即时奏上狂妄愚昧的意见,万望陛下稍稍加以明察。

臣下听说古代的统治天下的人,他们的政治有三种:为王的人教化天下,是运用仁义;称霸的人威慑天下,是凭任权术智巧;强大的国家胁迫天下,是专用刑罚。因此教化不够用,然后就威镇天下;威镇不能使之变化,然后就刑罚天下。所以到了用刑罚,就不是称王的人所看重的了。况且要想据有天下,追比上古帝王的功业,专门任用刑罚杀戮,认为是威武果断,可以说是决策的失误。

臣下恭敬地看到陛下神圣道德聪明睿智,留心远古,将要以安静统治宇宙,保育百姓,发号施令,出于满腔真诚。天下民众,没有不想看见贤明风范,希望目睹神圣教化的。凭借道德施行政治,将有待于陛下了。而且臣下听说:圣人出来治理,一定会有所驱除。大概是天人之际的符瑞,是符合美好的天命的。往日东南地区微贱的孽子,竟有胆量谋划扰乱正常秩序,陛下顺从天意实行诛伐,罪恶的人都被制服,这难道不是天意想要彰明陛下神明威武的成效么!但是执政的人不体察天意,认为是出于人的意愿,憎恶他们首先叛乱挑起祸患,依法应该诛杀,将要消灭奸邪的根源,穷追他们同党的人。于是就让陛下大开诏狱,重重设立严酷的刑罚,希望用惩戒彰示天下。叛党亲属及其交往的人,有行迹牵涉而被怀疑,互相告发牵连,没有不是极力搜捕,盘查讯问,像枝叶盘曲牵连一样,重的被处死,轻的流放到边地。以至有坏人炫惑,利用这种危险时机进行诬陷,捕风捉影地纠集告发,希望谋求爵禄奖赏,这类在朝廷号叫的人每天都有好几个了。在当时朝廷不安,没有人能保全自己,全国都侧耳倾听,由此相互惊恐。幸亏陛下仁慈,怜悯他们这种危惧,赐下圣旨,允许那些服大功丧礼以上亲族关系的人,一切都不追究。当时人们获得安宁,说是活命的恩德如同再造。愚臣私下也高兴,庆贺陛下圣明,得到了治理天下的关键。没想到议论的人看法不同,又提出从前的意见。近来刑狱纷纷又再兴起,陛下没有深刻考虑天意,来顺应天命美好的期望,还拿督察作为治理手段,严刑作为首要之事,使得前次的诏令不被人相信。愚臣对此不明白,私下里担心这不是三皇五帝讨伐罪人、哀悼百姓的思想。

臣下私下里观察如今天下的百姓,盼望安定很久了。从前北方胡人侵犯边塞,西边戎族劫掠边区,兵甲相互屠杀,已经经历了十年。从函谷关黄河往北,辗转运输到幽州燕州;从秦地蜀地往西,驱驰奔走到湟水流域,当时天下疲困到极点了!加上大战之后,多次遭逢饥荒年景,流转离散受饥挨饿,死亡大概有一半。幸亏陛下用最圣明的恩德,安抚万民,边境获得安定,中原没有战事,阴阳之气非常和顺,每年谷物连续丰收,天下父子,开始得以互相抚养了。所以扬州造成祸乱,差不多有五十天,而全国安逸,纹丝不动,难道不是天下庶民百姓厌恶凶暴叛乱的缘故吗?臣下根据此事来估量形势,知道百姓盼望安定很久了。如今陛下不事安静无为来拯救疲惫的百姓,却反而任用威严刑罚来使他们失望,想要用苛察实行统治,严厉地治理天下。臣下愚昧不明,私下里很疑惑。而且臣下听说刑罚是政治中的枝尾末节,先前的帝王因为禁止暴虐整治变乱,不得已才使用它。如今天下幸而安定,万物盼望太平,陛下却用末节的刑法,督察治理平民百姓,臣下愚笨地认为这不是适应变化、顺随时势的议论。

近年以来,在下看到各方告密,囚系牵连成百上千人,一般所告发的大都拿扬州之事作借口,等到追究到底,一百个里没有一个是真的。陛下仁慈宽容,又不遵法制来宽容这些事情,节外生枝地攻击其他事件,也让他们追究弹劾。于是使得邪恶的党徒决心为敌,很小的怨忿嫌隙就说有隐密;一人遭诉讼,百人塞满牢狱,派人追究逮捕,牵连被捕的官员像云一样多。有人说陛下爱一人却害百人,百姓窃窃私语,没有人知道哪里有安宁。

臣下听说只要不是圣人,如果没有外部灾祸,一定会有内部忧患,这是事物情理中的自然现象。臣下不敢拿远古的事来说它,请允许借隋朝来说明。臣下听年长的人说,隋朝的末代,天下还太平。炀帝不恭敬,穷凶极恶耀武扬威,厌腻安居皇位,亲自担任统帅,用百万的军队,阅兵辽东海上,天下开始骚动不安了。于是使得杨玄感挟持不肯称臣的势力,怀有偷盗的心思,想要凭借人事的谋略,来盗取皇家基业。于是就在中原举兵,将要占据洛阳,像野兽咆哮的架势,要倾覆天下了。可是作乱没有超过一个月,却身首分家。这是什么原因呢?天下的积弊,还没有到土崩瓦解的程度;庶民的心里,还盼望安居乐业。

谏用刑书

炀帝不觉悟，糊涂地忽略了人事的关键，自认为元凶已经诛灭，天下没有大恶的人了，凭着皇位的重任，可以用刑罚来治理这事。于是派兵部尚书樊子盖专门施行杀戮，大事穷究同党的人，天下豪杰之士，没有不遭受祸殃的。于是发展到杀人如麻，血流成泽，天下靡烂，开始想要作乱了。于是萧铣、朱粲在荆南起兵，李密、窦建德在河北作乱，天下风云动荡，于是一道起事而隋朝就灭亡了。难道不悲哀吗？年长的人直到今天还谈论它，事情的原委就像这样。

臣下私下里拿这事往上观察三代夏、商、周的兴亡，往下及秦、汉、魏、晋的治乱，没有一个不是因为刑罚残酷才招致败亡的。大规模的狱讼一旦兴起，就不可能没有胡作非为的，这是什么原因呢？那些执笔审案的文吏，很少明白大道理；断案能手，以迫促苛刻著称。文字深凿，法网严密，那么大家都称赞是最公正的；以至于皇帝，也说他们守法。于是杀人有利，公正宽容有害，所以狱吏相互告诫，拿杀人作文章，并不是憎恨别人，而是对自己有利。所以向上用来迎合皇帝的旨意，对下谋求使自身荣耀的利益。营求私利的既然多了，那么就不可能没有胡作非为的现象了。胡作非为到善良百姓，那么非法的刑罚就得逞了。

人情没有不爱自己的，陛下从这点来明察，难道能不发生胡作非为么？受冤的人怨气冲天，感触损害阴阳交会的和气。和气冲突混乱，民间流行瘟疫。水灾、旱灾随着到来，就会发生荒年。

百姓失去了常业,那么祸乱之心便令人不安地产生了。近来干旱不合时令,天空阴沉却不下雨,农民丢下耕具,瞻望老天呼叫,难道不是因为陛下虽然有圣明恩德却不能降福百姓的缘故?倘若旱情持续过了春季,不能应时播种,今年庄稼一定会受到损失。陛下为什么不恭敬地顺承天意,用德泽体恤百姓?臣下听说古代圣明帝王谨慎使用刑罚,就是畏惧影响天意。

《书经》上不是说吗:"与其杀无罪的人,宁可在不守常规的地方犯些小错误。"陛下为什么以堂堂圣明的君主,还要致力于强国霸者的威武啊!愚臣私下替陛下不选择它。况且愚昧的百姓安定时就乐意生活,危急时就想着变乱,所以事情有招致祸害,而刑法有引起奸谋。如果大案再不停止,牵连的人一天天增多,天下就会怀疑迷惑,互相担心无罪受累。人情的变化,不能不明察。

从前汉武帝时候,巫蛊之狱兴起,江充从中欺诈,惑乱了整个京城,戾太子因此逃亡,宫城里发生战斗。无缘无故受害的人,成千上万,刘姓朝廷的基业,几乎因此覆灭。幸亏武帝收到壶关县三位老者的上书,豁然明白过来,感动醒悟,杀了江充三族,其他的案子不再追究,天下才稍稍获得安宁。臣下每次读到《汉书》这个地方,一定要为戾太子流泪伤心。古人说:"从前的事情不忘记,是以后做事的借鉴。"臣下希望陛下想到这一点。

臣下不畏避下锅烹煮的罪过,用蝼蚁般微贱的生命,轻轻触犯帝王的威严。臣下并不是不贪生怕死，实在是害怕辜负陛下知遇之恩。臣下不敢拿微贱的生命蒙蔽陛下的聪明神圣，也不敢要陛下立即停止刑罚，只是企望减轻刑罚罢了。恳求交给三事大夫商议这件事可行与否。"过去的事不能规劝了，未来的事还来得及补救。"不要因为臣下微贱就忽视他的上奏，则天下幸运得很了。臣下子昂诚惶诚恐，死罪死罪。

中华文史名著精选精译精注（全民阅读版）
已出书目

书　名	导读人	审阅人
贾谊集	徐超、王洲明	安平秋
司马相如集	费振刚、仇仲谦	安平秋
张衡集	张在义、张玉春、韩格平	刘仁清
三曹集	殷义祥	刘仁清
诸葛亮集	袁钟仁	董治安
阮籍集	倪其心	刘仁清
嵇康集	武秀成	倪其心
陶渊明集	谢先俊、王勋敏	平慧善
谢灵运鲍照集	刘心明	周勋初
庾信集	许逸民	安平秋
陈子昂集	王岚	周勋初、倪其心
孟浩然集	邓安生、孙佩君	马樟根
王维集	邓安生等	倪其心
高适岑参集	谢楚发	黄永年
李白集	詹锳等	章培恒
杜甫集	倪其心、吴鸥	黄永年
元稹白居易集	吴大逵、马秀娟	宗福邦
刘禹锡集	梁守中	倪其心
韩愈集	黄永年	李国祥
柳宗元集	王松龄、杨立扬	周勋初
李贺集	冯浩菲、徐传武	刘仁清
杜牧集	吴鸥	黄永年

续表

书 名	导读人	审阅人
李商隐集	陈永正	倪其心
欧阳修集	林冠群、周济夫	曾枣庄
曾巩集	祝尚书	曾枣庄
王安石集	马秀娟	刘烈茂、宗福邦
二程集	郭齐	曾枣庄
苏轼集	曾枣庄、曾弢	章培恒
黄庭坚集	朱安群等	倪其心
李清照集	平慧善	马樟根
陆游集	张永鑫、刘桂秋	黄葵
范成大杨万里集	朱德才、杨燕	董治安
朱熹集	黄珅	曾枣庄
辛弃疾集	杨忠	刘烈茂
文天祥集	邓碧清	曾枣庄
元好问集	郑力民	宗福邦
关汉卿集	黄仕忠	刘烈茂
萨都剌集	龙德寿	曾枣庄
王阳明集	吴格	章培恒
徐渭集	傅杰	许嘉璐、刘仁清
李贽集	陈蔚松、顾志华	李国祥、曾枣庄
公安三袁集	任巧珍	董治安
吴伟业集	黄永年、马雪芹	安平秋
黄宗羲集	平慧善、卢敦基	马樟根
顾炎武集	李永祜、郭成韬	刘烈茂
王士禛集	王小舒、陈广澧	黄永年
方苞姚鼐集	杨荣祥	安平秋
袁枚集	李灵年、李泽平	倪其心
龚自珍集	朱邦蔚、关道雄	周勋初